TAKE
SHOBO

俺の病気を治してください

イケメンすぎる幼なじみは私にだけ●●する

葛餅

ILLUSTRATION
逆月酒乱

蜜夢
MITSU
YUME

CONTENTS

MITSU YUME

イラスト／逆月酒乱

俺の病気を治してください

イケメンすぎる幼なじみは
私にだけ●●する

Ore no
Byoki wo
Naoshite
kudasai

1　後悔先に立たず

考えられるなかで、いや、予想もつかなかった最悪のケースである――。

勿論《もちろん》、施錠も確認した。

満を持しての今日だった。


夏も真っ盛りの八月初め。曇りなく晴れた空に蝉の声、庭のプランターに植えられたゴーヤは蔓《つる》を伸ばして実をつけている。

仕事休みの土曜の昼、外の熱気はなんのその、夏海《なつみ》はクーラーをかけた自室で卑猥《ひわい》な遊びにふけっていた。

今日は周囲の気配を気にしなくていい絶好の日である。両親は夫婦水入らずで旅行に行き、弟の柊《しゅう》は大学のサークル合宿で明後日まで帰って来ない。

ベッドの上には、百貨店に入っている人気ルームウェアショップの半袖パーカーとショートパンツがきちんと畳まれている。白地にリボン柄がパステルカラーでプリントされ、ふんわりした着心地のセットは、先々月の初ボーナスで買ったお気に入りである。その傍にサイドがレースで透けている薄ピンクのローライズショーツも鎮座している。

夏海はキャミソール以外何も着ていない。これもボーナスで買った代物で、マカロンカラーのグラデーションになっており、フリルがたっぷりだ。

現在、何をしているかというと、自分で胸を揉《も》みながら、ピンク色の突起に跨《また》っていた。どう見ても男性器を模したそれを、恐る恐る自分のところに挿入してからしばらくの間は、どうしたらいいか分からずじっとしていた。少し動いてみると要領を得て、今はゆっくりとした動きで自分の好きなところを探している。

携帯型の音楽プレーヤーを接続したオーディオからは開放感溢《あふ》れる洋楽が爆音で流れていた。

夏海は夢中になりすぎて気付かなかった。恐ろしい足音に。

誰かがこの家に入ってくること自体、考えもしなかった。

「夏海、いるー？」

「はっ⁉　待っ……！」

突然、川の激流に押し流されるように夢から覚めた。

一瞬にして血の気が引いた。

夏海のよく知る声の主は、返事など聞かずガチャリと部屋のドアを開け、ピシリと音がするくらい固まった。かなり慌てた夏海は咄嗟《とっさ》に中途半端に腰を浮かしてしまい、今さっき遊んでいたディルドが見えてしまっている。きっと、ローション等でてらてら濡《ぬ》れているのもバレている。

——しんだ。

「……な、つみ……⁉」

何故かそこには隣の家に住む幼馴染《おさななじみ》の和哉《かずや》がいた。口をぽかんと開け、手から五百ミリリットルのペットボトルがゴトンと落ち、にぶく床に跳ねた。

玄関はちゃんと二重に鍵をかけたはずだ。チェーンは忘れたかもしれない。だが今はどうでもいい、とりあえず出て行ってくれ。

「……た、勃《た》った……」

和哉はどこか放心したような口ぶりで、どうでもいい報告をした。おかげで恐慌状態だった頭の中が妙に冷静になった。ドッドッドッドッ、と心臓が大音量で鳴り響いているのがようやく分かる。

中途半端に腰を浮かせた状態は卑猥だろうけれど、ディルドを抜いた後の状態を見られるのも相当に恥ずかしい。この状況がすでに、穴があったら入りたい選手権堂々一位に君臨している。迷った末、夏海はまたディルドの上に腰を下ろすという判断をした。くちゅっといやらしい音がした。聞こえていないことを祈る。

「とりあえず、閉めて」

「……」

できるだけ平静を装って言った。和哉は目を泳がせ躊躇《ためら》った後、部屋の中へ一歩二歩と

足を進めた。

——何考えてんの⁉

「出てけ」

「いや、あの、その……」

「出・て・行・け！」

鋭く睨《にら》みつけ、ドスの効いた声で言った。和哉は呆然《ぼうぜん》として夏海を見つめている。

「……続き、見たい」

目の前が真っ暗になった。小学生の頃に遊んだ携帯型ゲーム機のＲＰＧで、『目の前が真っ暗になった』らゲームオーバーでセーブポイントからやり直しができたのに、なんてどうしようもないことを思う。

こいつ、幼馴染相手にこんなことを言うなんて阿呆《あほう》なのだろうか。そうだ阿呆に違いない。まともな奴だと思っていたのに。

立ち上がって追い出そうにも、下に何も履いていないため色んなものが丸見えになってしまう。どうしようもない。

「和哉、あんた何言ってんの？」

「常識的じゃないこと言ってるのは分かってるよ。その上で頼んでる。続き、見せて下さい……」

「誰が見せるか」

「俺……柊君に、このことバラすかもしれない……よ？」

ほほう。

小さい頃から、和哉はいつも隣にいた。家も隣で登校班も一緒で小学校も中学校も高校も、なんと大学まで一緒という腐れ縁の幼馴染。幼少期から整った顔立ちをしているな、とは思っていたが、周囲の期待を上回る勢いですくすく美しく育ち、爽やかイケメンの名をほしいままにしている。

奥二重の涼し気な目元、すっきりした顔のラインに、美しくとおった鼻梁《びりょう》、笑うと可愛くえくぼができる——。身長は平均より五センチ高く、逆光をまるで後光に変えるエフェクトスキルを持っている。直視すると周囲がキラキラ輝いて見えるのだ。

そんなモテ人生を歩んできた幼馴染が今、イケメンだろうと許されない発言をしている。

「和哉、私はすごく残念だよ。ってかそれで脅してるつもり？」

「ごめん……」

「だいたい私のこの状態見て、部屋に入ってくるなんておかしいでしょ。お互いのためにとりあえず退避するでしょ。仮に私が、和哉がしちゃってるところ見ちゃったら申し訳なく思いこそすれ見せてなんて言わないよ。それぐらいの信頼と友情は築いてきたと思うんだけど！　ってゆーか何で勝手に入ってきた。だいたいどうして家に入れる。私、鍵閉めたはずなんですけど……？」

「ああ、それはね。朝におばさんが、『今日は家に夏海しかいないのよ～。確か和哉君のところもご両親デートだったでしょ？　和哉君が良かったらなんだけど、もし家にいるのなら一緒にご飯作ってあげてくれない？　あの子一人だと適当にすますのよね。冷蔵庫にあるミンチ肉、今日が消費期限なこと思い出して～勿体《もったい》ないじゃない。冷凍庫に頂き物のシャーベットもあるから……あ、いいの？　よろしくね～』って鍵渡された」

「気にかかったのは私じゃなくてミンチ肉だな」

「勝手に入ったのはごめん。夏海いるかな、って特に何も考えず部屋開けちゃった——俺も、夏海は大事な幼馴染だと思ってる……だから頼んでる」

「大事だと思ってるのなら頼むようなことじゃないと思うんだけど」

依然、ディルドに跨ったままである。

「ごめん。でも、勃ったから」

勃起したという事実報告を、和哉は妙にキリッとした顔で言う。

「その台詞を私はどう受け止めたらいいの。褒《ほ》めてるつもりなの、なんなの」

「崇《あが》めてる」

訳が分からない。今日の和哉は意味不明で史上最大におかしい。ただ一つ分かるのは、この部屋から出て行く気が全くないということだ。

「……本気で見せてって言ってんの」

「うん。お願い。手伝うから」

「てつだ……⁉」

「言い方間違った。夏海のオナ……自慰行為、手伝わせて」

「言い直した意味ある？」

和哉がむむ、と唸《うな》り、悲壮そうな表情をつくる。いやいやいやいやいやそんな顔されても。

「……柊君に、夏海姉ちゃん、かなり上級者向けオナニーしてるよ、とか、……自分で腰振ってた、……とか言ってしまいそう、だなー……」

「……」

言うならせめて恥じらわずに言って欲しい。誰が一番恥ずかしいと思っているのだ。

「どう言おうと、部屋から出て行く気はないんだね」

「うん」

そこは堂々と言う。

「どうすれば出て行くわけ」

「……続きをして、イってるところ見たら……？」

「これ以上恥ずかしい思いをしろと」

「えーっと、俺も全裸になればいい？」

「別に見たくないわ。……ねぇ、何でそこまで私なんかのオナニー見たいの」

「それは夏海のだからこそだろ」

またしても妙にキリッとして言った。せっかくのイケメンが台無し過ぎる。半目になって黙った夏海に、和哉はもう一言加えた。

「俺を助けると思って……」

　――助ける？　何が？　どのへんが？

　夏海が心の中で首を傾げている間に、和哉はそろそろと近づいてきて座った。今やディルドに跨ったままの夏海の、腕を伸ばせば触れられるほど傍にいる。

　何故こんなに必死なのだろう。

「ああもう。……分かりました」

　覚悟を決めるしかないと悟る。和哉は悪い奴ではない。とても善良な男であることは、半分兄妹のように育った夏海がよく知っている。その兄妹みたいな奴がこんなこと言ってくるのだからなんだか腑《ふ》に落ちないのである。

「ほんと？」

　和哉は目を輝かした。幼馴染のオナニーとか気持ち悪くないのか？

「俺……胸さわっていい？」

　夏海は返事代わりに思いきり睨んだ。

「やっぱ、だめ？」

「駄目に決まって……あー……後ろからなら、許す」

　ふざけるなと思ったが想像して思い直した。後ろから胸を揉まれるということは、触覚的には超マイナスだが視覚的にはプラスに働く。この体勢なら、恥ずかしい体の下の方やその動きをあまり見られずにすむ、はずだ。まじまじ見られそうなこの際、こちらの方がマシに思えてきたのである。

「前からは駄目？」

「いい加減にしろ」

「後ろから触らせて頂きます夏海様ありがとうございます」

和哉が夏海の背後に周り、ごくりと唾を飲んだのが聞こえた気がした。躊躇いがちに肩に触れてきて、夏海もびくっと震える。

「いい？　夏海、触るよ……」

「ん」

和哉がキャミソールの下からおずおずと両手を這《は》わせ、脇の下を通り両方の乳房を摑《つか》んだ。そのまま感触を確かめるように柔らかく指を動かす。

和哉に胸を揉まれているこの状況が不思議過ぎて、現実感がない。

──ってか、キャミの上からじゃなく、直接揉んでくるんかい。

「うわ……柔らかい」

「そゆこと言わなくていい」

「肌すべすべだし気持ちいい」

「……」

「夏海はどういうのが好き？」

小学生のとき、夏休みになると互いの家の行き来が一層多くなった。日中、両家の親は仕事で、留守番をしている子ども達のために数種類のアイスクリームが常備されていた。

和哉の澤村《さわむら》家の冷凍庫には、夏海の森下《もりした》家よりも高級なものが揃《そろ》っていて、夏海と弟の柊は、毎回有難くご相伴《しょうばん》にあずかっていた。『夏海はどのアイスが好き?』と和哉はいつも先に選ばせてくれ、夏海が好きなアイスクリームは必ず補充されていた。今思えば、在庫を切らさないように自分の母親にお願いしてくれていたのだろう。

そう、あの頃と変わらないトーンで、和哉は『どういうのが好き?』と言ったのだ。ただし内容は、どういう胸の揉み方が好きなのか。それを、爽やかに、やわらかいトーンで言った。

さて。突然小学生のときのことを思い出している自分は、間違いなく現実逃避しているのだろう。

そんな夏海の頭の中にお構いなく、和哉は夏海の胸をやわやわと揉みながら、片方の乳首を摘んだ。手つきはとても優しい。

――余計なこと考える前に、早くイってしまおう。

腰を少し浮かせて、沈める。ぬちゅりと、どう考えても卑猥にしか聞こえない音がし始め、和哉が一度びくりとした。そして胸をまさぐる手が大胆になっていく。

――余計なことは考えない、快感だけ考えよう。そして早くイく。ＡＳＡＰ。中学のときの英語教師が大好きだったこのフレーズ、as soon as possible《可及的速やかに》.

この意味不明な状況を終わらせる。

片手を脚の間の敏感なところに押し当て、くるくる弄る。それをしているのが分かるのか、和哉の指が胸の先端を挟みながら刺激する。

夏海のうなじに柔らかく温かいものが触れた。

——ええええええ⁉

和哉が唇を押し当てていた。軽く食まれ、熱い舌がうなじを這《は》う。

「んー？」

「ちょ、和哉、」

「んー？　じゃなくて、何、やってんの」

「夏海が可愛いから」

続いて和哉は耳たぶを食んだ。火が付いたように熱くなっていく耳から、ぞくりとした感覚が体中に広がっていく。

「夏海、耳弱い？」

「不愉快です」

「え、ごめん……」

本当は不愉快ではない。しかしこの状況で他にどう言えというのだろう。『正直、感じました』とか？　馬鹿《ばか》か。

耳から唇を離した和哉は、ちゅっと音を立ててうなじにキスをした。

後ろにいるこの人は本当にあの和哉なのだろうか。お隣の、小さい頃は一緒におままごとをして、砂場で遊んで、砂に埋もれていた猫の糞《ふん》を踏んでしまいちょっぴり泣いた和哉。中学に上がり突然背が伸び始め、そこそこモテていたレベルから物凄くモテるレベルになる和哉。高校に上がれば、同年代には稀《まれ》な紳士さも加わって人気が揺るがなくなった和哉。

一方夏海は、ここまでごく一般的な人生を歩んできた。人目を惹《ひ》く美人でもなく、特にフェロモンも出ていないためモテはしないが、男友達は少なくなかった。良くも悪くも〝友達止まり〟だ。

夏海は和哉との明確なモテ格差を感じていたが、和哉の方は何も考えていなかったように思う。校舎で鉢合わせると夏海に気安く話しかけるし、態度も親しげで、他の女子に対するものとは一線を画していた。そのため一部の女子からやっかみを受ける面倒事はあったのだ。教科書を忘れたら夏海のクラスまで借りにくる。男友達から借りろよ、と思いながら毎回貸した。返却された教科書を見ると、ページの隅に『ありがとにゃー』とヘンテコな猫のイラストが描かれてあったりして、授業中につい笑ってしまうこともあった。

その和哉が、やっぱり、おかしい。

「ねぇ、和哉さ……」

「なーに？」

和哉の声はとろんとして、若干、甘い。奇妙な感覚に震えそうになる。

「……何でもない」

――イこう、早くイってしまおう。

夏海は自身を指で弄《いじ》りながら、腰も動かし、中の気持ちいいところを擦《こす》った。和哉が夏海の体の動きを支えるように胸を揉むので正直やりやすく、気持ちがいい。和哉の息も何気に荒く、興奮しているように思う。

「い、……っ」

ほんの少しだけ声を漏らし、夏海は達した。体は中に挿《い》れたディルドをきゅうきゅうと締め付けている。両手を前に着いて、ふぅ、と息を吐き……自分の胸を掴んだままの大きな手に目を落とした。

「仰せの通り、イきましたよ」

「うん」

「手をどけなさい」

「……はい」

和哉は名残惜しそうに手を離し、夏海の背後に坐《ざ》したまま、しばらく動かなかった。

「夏海ってさー、家で一人のときはこういう可愛いやつ着てんの？　初めて見たけど」

和哉は夏海のキャミソールを軽く引っ張っている。フリルたっぷりのさらさらした生地でできているのが珍しいのかもしれない。普段、夏海はこういった乙女チックに可愛いものを着ない。

和哉に服のことを言われたのは初めてだ。それこそ珍しい。

「……これほぼ下着だから。ちゃんと服を着るから、後ろ向いててもらえる」

「あっ、はい、ごめん」

「いいって言うまで絶対見ないでよ」

「分かりました見ません」

和哉が動く音がした。夏海がちらりと振り返って確認すると、百八十度回転して正座していた。後始末をしているところなんて絶対見られたくないのである。

ずる、と腰を上げてディルドを抜いた。近くに置いてあるウェットティッシュで濡れている脚の付け根周囲を拭き、ディルドの吸盤を剥《は》がし被せてあるコンドームを取る。除菌ウェットティッシュで周辺を拭いて、ディルドはすぐ除菌ケアしたいところを和哉がいるため後回し。小さいタオルに包んで隠した。

「まだ駄目だからね」

急いでショーツと、キャミソールと揃いのフリルショートパンツを履く。ブラはこの際時間もかかって面倒なので、もこもこ生地の半袖パーカーを羽織った。完全なる休日スタイルだ。

——ああもう、こんなことになるなんて。

「もういいよ」

振り返った和哉は少し驚いた顔をし、小さく笑みをこぼした。

「おぉ……可愛い服着てる。夏海が素足出してるとか珍しい」

「さっきから妙に服に興味津々だね。ボーナスで買ったの。部屋着だから、可愛いの着てもいいかなって……家族以外見ないし」

「可愛いよ。いつものシンプルな感じも似合ってるし悪くないけど、普段からもっと可愛い服も着ればいいじゃん。似合うと思うけど」

「ほんとにそう思う？」

「うん」

「……」

「……」

沈黙がおりた。

さっきあんなことをしておいて、終わったあと、いざ何を話すか会話に詰まる。

夏海は体育座りをして俯《うつむ》き、和哉は正座して夏海を見下ろしている。

──この気まずい空気作ったの和哉だからね。そっちが何とかして！

部屋で何をしようが自慰しようが夏海の勝手なのである。ドン引きやら淫乱だとか何とでも思えばいい。幼馴染のオナニー見たいなどと言う和哉も十分変態なのだ。むしろ和哉の方が変態なのだ！

「えーと、その、夏海」

「……なによ」

「俺もシていい？」

「……はぁ？」

夏海が顔を上げると和哉は頬を染めていた。ちら、と視線を下に向けると、ジーパンの上からでも分かるくらいに和哉のそこのへんが隆起している。

「これを、処理したい……勿論《もちろん》自分で」

——すればいいと思う。

言っている意味が理解できず、夏海はこてんと首を傾げる。幼馴染のオナニーをオカズにするのが申し訳ないと思っての発言だろうか。

「……すればいいと思うけど？」

「ほんと？　今からここで」

「却下。帰れ」

夏海はぴしゃりと言った。和哉に皆まで言わすものか。

「いやでもこのまま家に帰るとしたらね？　ここがコーなって、アーなってるでしょ？運悪く出くわしたご近所さんがコレを見て何を思うか……」

「十秒で家に帰れるでしょ。大丈夫、だいたいの人は和哉の爽やかーな顔だけを見てるから。下まで見てない」

「夏海も爽やかって思ってくれてるんだ」

和哉は呑気《のんき》に言う。今拾うべきはその単語ではない。

「今日の和哉は変態だけど！　変態のほかの何者でもない！　本当にどうした⁉」

「あー……。うん、やっぱ駄目かー」

少し残念そうにする和哉に、夏海は大きく頷《うなず》いた。いけると思っていた根拠を聞きたいくらいだ。

「じゃあ、ちょっと行ってくる」

行くんかい。

「俺またこっち戻って来るけど、夏海今日外出する予定ある？　なかったら晩ご飯作るよ、一緒に食べよう。今んとこメインは麻婆豆腐にしようかなって思ってるけど、夏海好きだったよね？」

「……麻婆豆腐、好きだけど。特に用事もないし、家にいる」

「うん、じゃあそんな感じでいっか。……あと、夏海に聞いて欲しいことあるから、逃げないでね」

「はーい……」

何だろう。気になる。まさか、この一件で更なるお願いをされたりするのか……と考え、嫌な想像を振り切るように首を振る。

和哉は何事もなかったかのように、ごくごく自然に部屋を出て行った。夏海はオーディオの音を消す。しばらくして玄関扉が閉まり、鍵が外から施錠される音がした。

部屋がしんと静まる。締め切った窓の向こうから、ちゅんちゅんという雀《すずめ》のさえずりと、近所の子供達の遊ぶ声が聞こえる。突然、現実に戻ってきたみたいだ。さっきまでの出来事が信じられない。むしろ信じたくない。

夏海はため息をついて片付けを始めた。とりあえずディルドは除菌しなければ。家族にも和哉にもバレないところに保管しなければ。


和哉が帰ってから十分程経った頃、夏海のSNSに通知が入った。

『ごめん。今から家に来てくれない？　玄関の鍵閉めてないから、そのまま部屋に入ってきて』

和哉からだった。家に鍵をかけてないとは物騒な。

夏海の格好は、ブラは着けたものの、フリフリでモコモコの部屋着のままだった。別に和哉に可愛いと言われたからそのままいた訳ではない。断じてない。しかしこの格好で、いくら十秒で隣家に行けるとは言え公用道路を歩くのはどうだろう。パーカーを脱ぎ、薄いデニム生地の半袖ワンピースをかぶることにする。

家に来てくれとはどうしたのだろう。何かトラブルでも？　オナニーしに一旦帰ったのではなかったのか。

携帯をポケットに入れ、鍵だけ持って階段を下りた。蒸し暑い玄関で、引っ掛けるだけの白いミュールを履く。通勤時は楽さを選んでのスニーカー派だが、休日は華奢《きゃしゃ》なミュールだって履くのだ。

傍の姿見に夏海の全身が映る。柔らかそうなセミロングの黒髪を右サイドでゆるくくっただけの、平凡な見た目の二十代女子。小粒とも大粒とも言えない瞳、可もなく不可もない輪郭と唇。自分のパーツの中では一番気に入っている、整っていると言えなくもない鼻梁。だが、街にいたら埋没する普通さ。

幼馴染の和哉は誰がどう見ても非凡なイケメンだ。それに気後れする段階はとうに過ぎたものの、やはり絵的に釣り合わないなと夏海は思う。

照りつける太陽から逃げるように小走りし、インターホンも鳴らさずに澤村家の玄関を開けて鍵をかけ、和哉の部屋へ向かった。

夏海は和哉とは違い、ノックぐらいする。

「和哉ー。夏海だよー。入るよー」

「うん」

和哉の返答に、ガチャリと開けて、バタンと閉めた。夏海が部屋の中を見たのは一瞬だ。

「えっ、夏海、入ってきてよ」

「阿呆かー！」

扉の向こうから和哉が平常通りの口調で話しかけてくるが、奴はオナニーの真っ最中だった。自分のイチモツを取り出して握っていたのが見えた。一瞬だが！

「これはもう夏海に頼むしかないと思って、呼んだ」

「何が？　ねぇ何が!?」

「いや、あのー……入ってくれる？」

「何で？　今シてるでしょ？　シてるんでしょ？　何なのそういう趣味なの何なの私はないよそんな趣味！」

和哉が出てこないように、夏海はドアノブをがっちり摑んで叫ぶ。

「えーと。俺は夏海の見ちゃったし、夏海も俺の見たっていいんじゃないかなー……。ってゆーかね、できないんだ。最後まで」

「……？」

『できない』という言葉にひっそりとした悲壮感が漂っていた。夏休みに帰る田舎のおばあちゃん家での夜、トイレへ続く長い廊下の暗い影のような。フットライトもなく、家の周りは田んぼなので街灯もない、都会では味わうことのない本物の暗闇。

それを感じ取った夏海は、躊躇いながらもゆっくりドアを開ける。そろり、となるべく和哉の下の方を見ないよう気を付けて目をやると、彼は情けない顔をしてこちらを見ていた。

「えーと？」

和哉がこれ、と視線を下ろしたのは自身のイチモツだった。仕方なく、見てしまう。ただ、何だかこう……あんまり元気がない状態だった。

「……これ」

部屋にあるテレビ画面にはナイスバディなお姉さんのピンク色な映像が流れていた。正常位であんあん言わされている真っ最中で、巨乳が揺れている。

どうしたらいいか分からない夏海の沈黙。画面の中のお姉さんの嬌声《きょうせい》とそれに不随する行為の音だけが響いている。

シュールである。

「あのね、俺、最近全然勃たないんだ。……最近じゃないな、結構前から」

「……さっきはそんなことなかったように、見えたけど。ジーパンの上からでも分かっちゃうくらいに」

「うん、だからビックリしたし、嬉《うれ》しかったんだけど」

嘘《うそ》だろ、と反射的に言いそうになったが、和哉が嘘を言っているようには見えない。元来、和哉はあまり嘘をつかない。だからさっきあんな反応をして、『オナニー見たい』だとかトチ狂ったことを言い出したのだろうか。

今の和哉はどう見てもしょんぼりしている。大事なナニだけでなく、和哉全体がしょんぼりして影を背負っている。

「そんなに深刻なことなの」

「かなり」

そういうものなのか。女の夏海にはよく分からない。

「夏海、嫌かもしれないけど、こっち来て」

——自分でも驚いている。実はそんなに嫌悪感はない……和哉には絶対言わないけど。

和哉が座るベッドの縁に、夏海も並んで腰かけた。和哉のソレから目線を外しているから正確なところは分からないが、ジョニー君は外に出されたままだ。ズボンに収納するかなんとかして欲しいと思いながら、ちょうど正面のテレビに流れるAVを眺める。女優は変わらず痴態を晒《さら》していて、女の夏海が見ても少しムラッとくるというか、変な気持ちになってくる。AVはファンタジーだと知ってはいるけれど。

和哉がポツリポツリと喋《しゃべ》り始めた。

「こういうAVも色んな種類を試してみたり、市販の精力剤とかも飲んでみたりしたけど、無理で。健康面では特に問題ないはずだから、心因性EDだと思うんだよね。本気で治すんなら病院行くしかないかって思ってたんだけど……今日の夏海見たら、勃った」

「……そうですか」

「んで、家に帰ってとりあえずAV流して続きしようと思ったら萎《な》えてきた。こんなのかけずに夏海だけ思い出してすればよかった。って後悔した」

「……」

「で、とりあえず、呼んだ」

「……どうしろと？」

「……できれば、脱いで、欲しいな……脱いでくれるかな……と……」

「……」

夏海にこんなことを頼むくらいなのだから、和哉にしてみれば藁《わら》にも縋《すが》る気持ちなのだろう。

――藁かぁ。

「ねぇ、そうなったのって、いつからなの」

「前の彼女と付き合ったときから。徐々にこうなっていった」

「え？　前っていったらさ、私の知ってる限りだと……」

「多分それで合ってる。大学のとき、四年前。これが原因で別れた節もある」

「まじか。四年前からって、全然最近じゃないじゃん」

和哉に彼女ができたのは大学一年の頃だ。そのときから、徐々にEDの道へ進んでいったということになる。元カノと別れた後も、可愛く綺麗《きれい》な女の子達にいつも言い寄られていて傍から見れば選り取り見取りの状態だったのに、彼女を作らない理由はこれだったのだろうか。

「別に、彼女欲しいとかセックスしたいとかはないんだ。……もう、本当に好きな子とかしたくない。ただ単に、勃たないことが辛い。自然に治るんじゃないかと思ってたけど悪化する一方。ねぇ、夏海、お願い」

「えぇえ」

「反応したの、夏海だけ」

「……自慰行為に興奮する性癖ってだけなんじゃないの？」

「その手のAVが存在しないと思う？　勿論見たことあるよ」

――いやほら、AVとリアルって違うじゃん？

どうしたものかと迷い、ちら、と下を見た。和哉のモノは殆《ほとん》ど萎えている。擬音化するなら『へにょん』といったところだ。

夏海は特に何も考えず、そのままじぃっとソレを見続けた。すると、少し元気になった。『へにょん』としたものが『へにょっ』くらいに。おや、と思い顔を上げると、和哉が頬を赤らめていた。

「あのう。君のソレ、ちょっと元気になった気がするんだけど」

「な、夏海がじっと見るから」

どうにかして欲しいと言った本人が、何故少し狼狽《うろた》える！

夏海は和哉のソレに顔を近づけ、ふっと息を吹きかけた。和哉がびく、と反応して、ソレがまた少し大きくなる。

「お、面白い」

「……」

恥ずかしくなってきたのか、和哉は無言だ。

重ねて言うが、和哉は爽やかイケメン（のはず）である。そのイケメンが、自分でこんな状況を作っておいて恥ずかしがっている。

それが面白く、興奮してきた夏海はばさりとワンピースを脱いだ。下に着たままの部屋着キャミとショーパンの姿になる。

「見られると興奮するの？」

「……分からない。けど、勃ってきた……」

「手で擦れば？」

「……。結構恥ずかしいな、これ」

「うん。それをさっき私にさせたんだからね。よく振り返って考えろそして反省しろ」

和哉が自分のソレをしごき始め、その様子を夏海はじっと見る。

しばらく続けたけれど、半勃ち以上にはならない。

和哉の哀愁漂う表情を見るに、勃たないというのは想像以上の苦痛を伴っているのではと思う。

「うーん。勃たないね」

「……そうだね」

このままでは埒《らち》が明かない。

「……私が触ろうか？　でもなぁ……」

「いや、流石にそんなことさせられない。それにシャワーも浴びてない、汚い」

和哉はキッパリと言った。

「……ううーん、ちょっと脱ごうか？　でも、本当に効果あると思えない。脱ぎ損になりそうだし」

「夏海のおっぱいは見たい！」

和哉は力強く即答した。おいイケメン。

ＡＶのお姉さんの胸の方が見るに値すると思いながら、夏海はキャミに手をかけた。通常ならば脱ぐ訳ないが、他ならぬ和哉のためならば協力しようかという気になっている。

――なにより、もうこれ以上ないくらい恥ずかしいところ見られたし。肌の露出の一つ二つ増えたところで大して変わらない……。

「言っとくけど、萎えてもしらないから」

キャミを脱ぐと、下は白地に黄色の小花模様が入った可愛いブラだ。紺色の無地とかではなく、可愛いものを着けていて良かった。和哉を盛り上げる状況的にもだが、年頃女子としての見栄である。

「夏海さぁ、着やせするよね」

和哉は率直な感想を言いながら、自分のモノをしごく動きを続けている。そしていきなり、夏海の胸の谷間に顔をうずめた。

「なっ、ちょっと、何すんの！」

突然の行動に焦《あせ》る夏海に対し、和哉はぺろ、とブラのラインぎりぎりを舐《な》めた。夏海は慌てて和哉の頬を摑み、ぐいっと引き離す。

「そんなこと許してない」

「ほんとは触りたいけど、手が汚いから駄目かなって。……触りたいなぁ」

「……そういう気遣いはできるのに、何故に顔面タッチしてくる⁉　和哉ってそんなキャラじゃなかったよね。ねぇ！」

目線を胸から顔に戻し、和哉はキリリッと真剣な表情を作った。

「男って皆だいたいバカで、俺ももれなくバカだよ。こんなもんこんなもん。夏海さん、触っちゃ駄目ならブラ取って欲しいです」

「……」

「やっぱ駄目？」

こてんと首を傾げても、顔だけは無駄に爽やかで可愛くても、言っていることが酷い。欲望丸出しには見えない、幼児がおやつをねだるようなキラキラした、純真無垢《むく》な表情であることが憎い。

「もうちょっとで完全に勃ちそうなんだ……」

「……もうちょっとで、完全に」

結局夏海も和哉に甘いのだ。

――毒喰《く》らわば皿まで。ちょっと違うか。けどもう、ここまできたら最後までいってもらいたいしなぁ。うーん、うーん。

夏海は前かがみになってブラを外した。まだ少し迷いがあるため、ほとんど意味はないと分かりつつも手で隠す。それを見た和哉の目が光った気がした。

「手ブラ！　揉んでみてくださる……？」

イケメンよ、かえってこい。

夏海はぐにぐにと適当に自分で胸を揉み、和哉はそれを注視しながら手元の動きを続ける。

　何やってんだろう、と考えてしまったら負ける。夏海は無心でいることにした。

　そして和哉は完全に勃起したようで、小さかったジョニー君はちゃんと大きく成長していた。

「夏海さん、舐めたい」

「却下」

「じゃあ手を外し」「嫌」「……」

　夏海は和哉を睨み、対する和哉は熱っぽい眼差しでこちらを見ていた。手は勤勉に股間で働き続けているというのに、色気を感じてしまう種類の。簡単に言うとエロかった。

「もう少しでイケそうなんだ……」

「ふううううん？」

　かれこれ数十分、和哉は自分のモノを擦り続けている。手もしんどいだろう。夏海もこんな羞恥《しゅうち》プレイは早く終わらせたい。やると決めたのだから、やるのだ。

　夏海は和哉の背後に移動し、彼の黒いTシャツを捲《めく》り上げ、素肌の背中にぴとりとくっ付いた。

「えっ、夏海、何を」

「黙って集中する」

　夏海は自分の胸をぎゅうと押し当て、手を前へと回す。和哉の鍛えられた腹筋を撫《な》で、

胸筋を擦《さす》り、乳首を弾いた。

和哉は体を緊張させているものの、何も言わない。熱い息を吐きながら、一生懸命オナニーしている。

真剣なようすが可愛く思えてきた夏海は、そのまま和哉の体幹を撫でまわした。予想はしていたけれど、かなりいい体をしている。男女両方からキャーキャー言われるはずである。

「ふっ……」

和哉が吐息を漏らす。調子が出てきた夏海が耳たぶをかじってみると、びくっと反応した。やっぱり誰だってそういう反応するじゃないのと思いながら、続けて耳のふちを舐め、ぎゅっと抱きしめるように力を入れる。

「夏海、」

「ん?」

「……いや、なんでも、ない」

和哉を後ろから抱きしめた体勢のまま、掌や指でさわさわと肌を撫でる。

――これ、私が襲ってるみたい。多分、あともうちょっとな気がするんだけど。

しばらくして和哉がティッシュを摑んだ。低く小さい、呻《うめ》くような息を出した和哉の体が震え、ティッシュの中に吐精していく。

二人の長い闘いの終結であった。

しばしの沈黙の後、余韻のおさまった和哉が満足気なため息をついた。例えるなら、岩盤浴を終えた直後に冷やした水を飲んだときのOLの吐息のような。

「夏海……ありがとう」

「ん。治った？」

「それは……どうだろう。なぁ、夏海、やっぱりお願いが……」

「ちょい待ち。服着たいから、ちょっとそのまま目を瞑《つぶ》ってて」

「了解。あぁ、背中から、夏海のおっぱいが離れてく……」

本気で残念そうな声で言うな。

夏海は脱いだブラとキャミソールを引き寄せて素早く着用した。部屋が少し暑く感じてきたので、ワンピースは置いたままにした。

「もーいいよー。和哉もソレ綺麗に処理しなよ。なんならシャワー浴びてきたら？」

「……本当にありがとう。色々あり得ないこと頼んどいて、今更何て言えばって感じだけど」

「そんなに真剣に言われると、すんごく良い事したような気になるね。はい、とりあえず処理してきて」

「まだ話が」

「あとで聞くから」

「……帰んないでね？」

「帰んないから。ってか、帰ったって私の家の鍵まだ持ってるでしょ」

「それはそうだけど、なんか違うだろ。……じゃあ、お言葉に甘えてシャワー浴びてくる。部屋のものは好きにお使い下さい。あっ、除菌ウェットティッシュとかもあるから」

「ん」

和哉は簡単に処理をして部屋を出て行った。除菌・掃除グッズや汗取りシートまで——メンズものだから流石に使わない——使って下さいとばかりに机に並び、AVのかわりに洋画のDVDが流れている。

夏海は微風で回っている扇風機を止め、遮光カーテンを開けた。本棚から懐かしい少年漫画を拝借してベッドに寝転がる。ふわっと和哉の匂いがしたが不快ではない。部屋は綺麗過ぎない程度に清潔な感じがし、それが昔から心地いい。夏海よりも頻繁に掃除をしていると思われる。

うつ伏せになってページをめくっていると肩周りが疲れる。仰向けにごろりと反転したが、それはそれで腕がしんどい。そして襲いかかる唐突な睡魔。

——色々あって疲れたし……寝ちゃってもいいかな、もう……。

眠気とは、抗う気がなければ一瞬で落ちるもの。三秒後、和哉の部屋では世界の危機を救おうとするハリウッド俳優の叫び声と、静かな寝息が聞こえていた。

○

「……さっき、あんなことあったけどさ。幼馴染だけどさ。別にいいんだけど。……別にいいんだけど、危機感薄すぎじゃない？」

和哉が部屋に戻ってくると、夏海はキャミソールと短パンだけの格好で、ベッドですやすやと眠っていた。胸のあたりに読み途中の漫画を伏せて載せ、白く瑞々《みずみず》しい脚は無防備に曝《さら》け出されている。

ＴＶ画面では、洋画のヒロインがヒーローに向けて銃を突き付けていた。夏海と一緒に地上波放送を観た『フィフス・エレメント』は、和哉が洋画にハマり始めたきっかけの映画でもある。

和哉は停止ボタンを押し、テレビを消した。夏海の胸の上に置かれている漫画を取り、タオルケットをそっとかけた。

少し寒かったのか、ほっとした顔になった夏海を見て、和哉も表情を和ませる。そして小さな声でポツリと言った。

「夏海、ありがとう。……ごめん」

○

視界に広がる天井が夏海の部屋よりも遠い。そっか、和哉の部屋でつい寝ちゃったのか

――と、夏海は寝返りをうった。慣れない柔らかさの枕に頬を埋める。和哉自身の匂いに混じって、爽やかで複雑なハーブの香りと仄《ほの》かに甘い香りがした。きっとシャンプーの匂いだ。以前はもっとミントが強い、いかにも市販のシャンプーらしい匂いだったのが変わっている。

――前のときは……前って、いつだっけ。そもそも和哉のベッドに寝たのなんか久しぶりだ。高校のとき以来かな……あれを聞いてしまってから、少し距離、置いたし。知らない間に、和哉がまとう香りも少し変わったんだ……。

和哉自身の匂いは変わらない。お日様をたっぷり浴びたタオルケットにくるまるような、縁側で丸くなって眠る昼下がりのような、安心してしまう心地がする。それは夏海にとって危険である。未だそんな気持ちにさせられる匂いを知らないから。

「……らしくない。よくないよくないよくない」

小さく、自分に言い聞かせるように繰り返す。部屋の冷房を切り、近くに置いてあるワンピースを着て、階下へ降りた。

リビングダイニングは玉ねぎを炒めるいい匂いに満ちていた。急に食欲をそそられる。キッチンに立っているのは黒いシンプルなエプロンを付けた和哉だ。

「あ、起きた？　麻婆豆腐だけ先に作っとこうかと思って作り始めたところ。夏海俺のベッドで寝てるし、俺ん家で食べることにしていっかなーと思ってミンチ肉だけ夏海の家から取って来たんだけど。思ったより早く起きたなぁ。まだ寝てていいよ」

「これ以上寝たら夜寝にくいから、いい。何か手伝える？」

「もう特にやることないんだよなぁ……。おやつ食べる？」

和哉はフライパンにひき肉を投入し、手際よく炒《いた》めていく。豆腐や水で戻した春雨、合わせ調味料もカップに用意済みで、夏海がやれることはない。

「……おやつは一緒に食べる」

夏海がそう言うと、和哉は笑った。

「じゃあ適当に待ってて」

言われた通り、適当に待つことにした夏海はリビングのL字ソファに転がった。近くにある新聞を引き寄せて文字を追うが、内容が頭に入ってこない。諦めてぼんやりしていると、料理中の和哉にどうしても目がいく。澤村家はシックな木調で部屋全体を整えており、お洒落《しゃれ》なアイランドキッチン型だ。銀色のシンクは光っているほどいつも綺麗にしている。

和哉は有名バンドの藍色ライブTシャツと、下は黒のスウェットに着替えていた。着古しているのか首元がヨレているのに、それが不思議とお洒落に見えてしまう。

これだからイケメンは、と夏海は内心毒づいた。勿論和哉は何も悪くない。

「ねぇ、私が自分の部屋でしてたこと、引いてる？」

自慰行為の話である。和哉が顔を上げ、ぱちぱちと不思議そうに瞬いた。夏海は所在がなくて下を向いていたら、ようやく意図することに気づいてくれた。

「見られたことじゃなくて、そっちを気にしてたの？　エロいなとは思ったけど、俺的には棚から牡丹餅《ぼたもち》。んー、女子は気にするかもしれないけど、いいんじゃない。皆言わないだけで、実は結構してんじゃない？　すごいエロかったけど。すごいエロかったけど」

「……引かないの？」

「むしろまた見せて欲しいくらい」

「誤解しないよう言っとくけど、見られたことは見られたことでかーなーりー気にしてるからね」

「ははははゴメン」

実は緊張していた夏海の体が弛緩《しかん》し、ソファに沈む。和哉の返答を聞いて、少しホッとした。喉に刺さった骨が二つほど取れた感じに似ている。もう一度新聞を開き、カルチャー・ライフのあたりを流し読みする。社会人としては一面から順に読むべきだと分かってはいる。何となく和哉の方を見られないため、こうやって顔を隠すのだ。

「ねー夏海、おやつもう出していい？　こっちの仕上げはまた食べる前にするから」

「うん。ありがとう」

夏海はソファに座り直して新聞をたたむ。和哉が座りやすいように、L字ソファの奥の方へ移動した。和哉は木製の四角いトレーに、黄色いプリンと抹茶色のプリン、ガラス製の筒状ティーポット、それに揃いのグラスカップを二つ載せて来た。プリンはスーパーの市販品ではない、デパ地下に置いてあるような高級品であろう。

トレーをローテーブルに置いた和哉は、突然床に土下座した。

「夏海……俺のED克服を手伝って下さいお願いします何でもします」

「こやつ、土下座しおった」

「夏海の欲しいものできる範囲でいくらでも貢がせていただきますし、夜遅くなってお迎えが必要になったら飛んでいくし、夏海の好きなものいくらでも作るし、その他雑用なんでもするのでお願いします」

「具体的に、何を」

「今日みたいなこと……とか？」

「そのへんは無計画かーい」

ワインを片手に漫才《しんし》するお貴族様風に言ってみたが、返ってきたのは「アハハハハ」という笑い声でなく真摯な「おねがいします」であった。

「……和哉だったら喜んで協力する女子、いっぱいいると思うんだけど」

「こんなこと協力して欲しいのは夏海だけです。第一、夏海にしか反応しないし、俺のアレ」

夏海には二つ、疑問が浮かんだ。
一、「協力して欲しい」というのは、夏海だからこそ協力して欲しいのか、協力をお願いできるのが夏海ぐらいしかいないのか、どちらだろう。

二、「夏海にしか反応しない」という理由が全てなのでは？　そこに夏海という生身の人間としての存在というより、勃起できるオカズという意味しかないとしたら。
——でも、こんなのつっこんで聞いて、それこそ、それこそだよ。どうしてそんなこと気になるのか、逆に聞かれたら……聞かれなくても、少しでも思われたら、困る。二つ目に関しては考え過ぎだ。和哉はそういう奴じゃないこと、私はよく知ってる。

夏海の沈黙に、和哉が顔を上げた。目に必死さが見える。

「夏海いま彼氏いないよね？」

「いない前提で言ったね？」

「いたの大学一年の頃じゃない？　なんかこうスポーツマンっぽい人」

「よく知ってんね。とうに別れて、それからもいません。って、本当に何で知ってんの？」

「大学のとき、あの人と夏海が一緒にいるところ見たことある。男前な人だったからよく覚えてるよ。それに俺らの情報とか、母親同士で筒抜けだろ？　夏海に彼氏ができたら勿論即刻切り上げる。夏海が嫌なことは絶対しない。神様仏様夏海様、どうかお願いできませんか」

元カレといたところを見られていたことにドキリとした。昔のことなのに、和哉には関係ないのに、胸がざわつく。元カレはガタイがよく、目立つかもしれないが——

「……和哉が私に嫌なこと、したことないでしょ」

「じゃあ！」

「あ、間違った。今日のことは別だわ」

「ぐっ」

喜色満面から痛い所を突かれた顔へと、和哉はせわしない。夏海は仕方ないなとため息をついた。

「まぁ、何かしら、協力はするよ」

和哉は目を輝かせた。正座をしているせいもあり、犬がぶんぶんと尻尾を振っているようにみえる。

「ありがとう！　夏海ってなんやかんや言うけど、結局いつも優しいよな。詰めが甘いとも言う」

「前言撤回してやろうか」

「すみませんごめんなさい」

立ち上がってソファに座った和哉は、グラスカップにお茶を注いでいく。夏海の前に抹茶プリンを置いた。

「抹茶の方が好きだったよね？　あとこれルイボスティーの水出し。最近、母さんがハマってて」

和哉は夏海の好みを本当によく覚えている。その理解感が、ときにたまらなくなる。

「うん、好き」

配膳する和哉の腕が一瞬動きを止める。「ああ……抹茶プリン、好きだよね」

「ルイボスティーも好きだよ。飲みやすいし、体にいいんだって」

「そうだな」と、和哉の気のない返事を聞きながら、抹茶プリンを口に運ぶ。抹茶の風味がしっかり感じられ、くちどけも濃厚である。

「おいしい。……ねぇ。分かってると思うけど、他でもない和哉だから協力するんだからね。簡単にこんなことしないからね……！」

グラスカップを持つ和哉の指が、呼吸し忘れたように震えた。「勿論、分かってる」

「それならいい」


食べ終えて片付けをしようと立ち上がる夏海を和哉は制した。夏海には再びソファに転がってテレビでも適当に見ていてもらう。

和哉はキッチンで用を済ませたあと、廊下へ出て二階へ上がる。自室に入ってから、ようやく一つの課題《ミッション》を終えたかのようなため息をついた。

「……なんか、心臓に悪い」

ひとり、首をひねった。


和哉がリビングを出て行ってから、夏海は眉根を寄せて考え始めた。目はテレビ画面を追うものの、見てはいない。

ＥＤ克服に協力するとは言ったが、どうするかはノープランだという。先程、和哉の部屋で行ったような桃色なことが、彼にとって望ましいのは分かる。ただ、あれをシラフでやるのはもう難しい。無理である。あんなことになったのは、羞恥と勢いとタイミングが絶妙に重なり合った結果のほかの何者でもない。

中学、高校とその運動神経の良さでバスケ部のエースを務めていた幼馴染。膝を痛め、大学からはサークル活動程度にとどめていたが、さっき素肌を触ったとき、その下の筋肉は現役時代と変わらないくらい（たぶん）、しっかり鍛えられていた。それで顔も良ければ頭も悪くなく、性格だって悪くない。

今までどんな恋愛をしてきたのだろう。気安く何でも話はしてきたが、色恋の話だけは別だった。ただ、和哉が言っていたとおり、親に知られた時点で互いに筒抜けとなる。例えば高校のとき、和哉がバスケの最後の大会で負けた日は、帰宅後自室でずっと泣いていたことを知っている。

夏海が前に彼氏を作っていたこと、それも正確に大学一年の頃だと記憶し、顔も知っていたのはびっくりした。夏海は和哉の彼女を近くできちんと見たことがない。高校まではいなかったはずである。大学一年のとき、突然彼女ができていた。それも同級生からの連絡で初めて知ったのだ。綺麗な人で、並ぶと美男美女のお手本、という噂《うわさ》だった。二人はいつの間にか別れていて、それ以降は知らなかった。

和哉と会うときは、互いのお気に入りの漫画の貸し借りや、借りてきた映画を見たり、ゲームをしたりと、小さい頃から変わらないことばかりしてきた。和哉が夏海に、彼氏ができたかどうか聞いたことはなかったし、夏海の方も聞かなかった。意図的に、聞かなかった。


「久しぶりにゲームしない？」

考えにふけっていた夏海は、突然の声に「ひっ」と、肩が跳ね上がった。振り返ると、リビングに戻ってきた和哉がプラスチックトレーに収めた家庭用ゲーム機のセットを掲げていた。「え、どうした？」

「なんでもない、ちょっとびっくりしただけ。何するの？　スポーツ系がいいな」

「テニスとかどう？」

グッジョブ、と親指を立てて賛成する。

和哉が回線を繋《つな》ぎ、夏海は画面やリモコンの設定をしていく。その間に和哉が新しいお菓子と氷を用意してくれた。特に会話なく分担作業が進むのは、いつもの流れだからである。

「ねぇ。心因性って言ってたけど、EDになった原因、分かるの？」

「あー……」和哉は思案する顔つきになった。目も少し泳いでいる。

「初めっからEDだったの？」

「え」

「ぶっちゃけて言うけど。最後に本番までできたのいつよ」

和哉は夏海と目を合わさず、グラスカップに氷を追加していく。カランと透明感のある綺麗な音が鳴る。「……聞きたい？」

「特別聞きたい訳じゃないけど、協力する以上、聞いといたほうが良いかなぁって。酷いトラウマなら無理に聞きたくないけど」

「まぁ、そうだよな。――大学一年の頃に彼女ができて、結構積極的な子で、早めにそういう感じになった。一回目は、どうすればいいか内心戸惑いながらもできた。彼女、初めてじゃなかったみたいだし、リードしてくれたような気もする。ただ、二回目から……」

和哉がちらりと夏海を見た。

「生々しくなってもいい？　……はい、既に十分生々しいですよね。二回目から俺のムスコくん、反応はしてたけど、最中で萎えるというか。……うん、彼女にしてもショックだったよな。初心者だからそういうこともあるだろう、ってなったけど、それが続いて。しかもどんどん勃たなくなった。彼女とは微妙な感じになってきて、俺から別れを告げた。今思えば、お互いそんなに好きじゃなかったのかもしれない。俺もだけど、あっちも」

「……ふうん」

では何故付き合ったのか――は、聞かない。夏海も人のことは言えないのだ。

夏海が元カレの薪《まき》と付き合ったのだって、なんとなくタイミングが合ったからである。大学のフォトサークルで、気の合う者同士付き合おうか的なことを言われて了承した。恋人らしいこともしてみたけれど、結局お互い何か違う、という理由で円満に別れた。今でも仲は良いけれど、復縁したいとは思わない。

大学生の一時の気の迷いなのか、流行り病とでも言うのか。映画や小説であるようなドラマティックさなどない。案外そういう恋も、多いのかもしれない。

──和哉に彼女ができたって聞いた、すぐあとのことだった。

「ちょっと軽蔑してる？」

「ううん。私も人の事言えないし」

「そっか」

和哉がグラスの中の氷をカラカラと鳴らす。涼しくて夏らしい音だ。

共働きの両親達は、両家の子供達をだいたいは一ヵ所に、つまりどちらかの家に集めていた。夏海と和哉と、夏海の弟の柊。夏休みなんて最たるものだ。小学校のプール解放日には三人で行き、帰宅後はどちらかの家で仲良くお留守番。そのとき飲み物に氷を入れてくれるのは和哉だった。夏海と柊は面倒なので用意しない。グラスの中で踊る氷を見ると、たまにあの頃の情景を思い出す。

夏海は和哉にゲームリモコンを手渡した。試合開始である。

「それからずっと無理なの？」

「そんなところ。そのうちAVに反応もしなくなって、もしかしてEDなんじゃ……ってようやく思った。若いしそのうち治るだろ、と思ってたんだけど、そのまま……何年だ？四年か。それで、今日に至る」

「四年って、かなり長くない？」

夏海がＴＶ画面上でスマッシュを打ち、和哉がなんなく打ち返す。

「特に差し迫って支障なかったから……かなっ」

和哉が強烈なスマッシュを打った。「うわ」と夏海が呻いたのは、和哉の言葉ではなくゲームに対してである。

「夏海にさ、ほぼ無理矢理お願いきいてもらっといて何だけど……協力してくれるって、ほんといいの？　マジで嫌なら言って、ごめん」

「言ったじゃん。和哉だから協力するんだって」

もしも元カレの薪が同じことを言ってきたとしたら、迷うことなく即座に断る。

和哉に触れることや、触られたときだって、夏海に拒否反応は起きなかった。ビッチなのかと自問もしたが、和哉だから大丈夫なのだ。

しかしそれは、夏海にとって問題でもある。

「ありがとう」

そのあと二人でありあわせのサラダを作り、麻婆豆腐を食べて解散した。

麻婆豆腐は、夏海好みの甘めで作ってあった。

――和哉が私を好きなことは、ない。

高校のときのことだ。当時、夏海は和哉のことが好きだった。いつの間にかそうなっていて、気づいたのも友人からの指摘だった。「夏海は澤村君のことが好きなんじゃないの？てっきりそうだと思ってたけど」と。

言われたら自覚する。他の女子の誰よりも距離は近く、仲が良いことは公認で、淡い期待もあった。ただの幼馴染にしては親密過ぎるのではないかと。

思い違いだった。

忘れもしない、高校二年の春。屋外での球技大会中、忘れ物を取りに教室へと戻ったときのことだ。クラスメイトの男子が四、五人ほど教室にいた。中に入ろうとしたが、女子の話をしているのが聞こえてしまい、夏海は入るに入れなくなった。でも水筒を諦めたくない――と躊躇《ちゅうちょ》していると、不運なことに夏海の名前が出てしまった。「森下も結構可愛いよなぁ」「まあまあじゃね？　でも話しやすいよな、あいつ」「分かる分かる。彼女っていうより、友達にしたいタイプ」

――高評価のような、いやアンタ何目線だよっていうか……。

自分の話を聞いてしまった以上、グラウンドに戻るしかないな、と踵《きびす》を返そうとしたとき、中の一人が和哉に話を振った。

「ってか和哉さぁ、森下と付き合ってんの？」

ぎくり、と夏海は足を止めた。声がしなかったから、和哉がいるとは分からなかったのだ。

「え？　付き合ってないけど」

まるで青天の霹靂《へきれき》だというような声音で和哉が言った。

「でも好きなんだろー」

茶化しているようだが、半分本気だ。他の男子も、どうなんだどうなんだとせっついている。どうやら今まで気になっていたらしい。

夏海の足は縫《ぬ》い留められたように動かなくなった。心臓はどきどきと爆音をたてるのに、教室にいる男子の服の擦れる音が聞こえるほど耳は研ぎ澄まされている。

「夏海は、そういうのじゃない」

和哉は静かに、決然とそう言った。

夏海は凍り付いた。さっきまで全身が熱いくらいだったのに、寒いと感じるほどまで一瞬で冷えた。心臓は別の意味でどくどくと音を立てる。

和哉の声音は、苛立ちが混じっていた。そんな質問をされたこと自体への嫌悪も。

――はっきり分かる。冷やかされて照れたんじゃない。

足音を立てないよう、慎重にその場を去り、階段を下りてからグラウンドへ走った。

少しは特別だと思っていた自分が恥ずかしく、自分と同じような好意を持ってはいない事実が悲しかった。

夏海は恋愛感情だったが、和哉はただの幼馴染としか思っていなかった。

――痛い、辛い、苦い。自惚《うぬぼ》れていた自分が、思い上がっていた自分が、恥ずかしい。

和哉は、私のことが、好きではない。私が欲しがっている特別なんかじゃない。近いと思っていたのは、ただの、家が隣ってだけの、両親達が仲いいって繋がりの、……和哉のことを好きな女子が忠告してくるように、幼馴染に生まれてラッキーってだけの……ただ、それだけの……。

――くるしい。

突然の、ひっそりとした失恋の痛みが、今まで近い距離で仲良くやってきた記憶が、和哉をいつの間にか好きになっていた記憶が、和哉に関する全てがぐちゃぐちゃに混ざり、夏海はうずくまった。

和哉は夏海がいま失恋したことを知らない。幼馴染は終わらない。和哉を好きなことも、すぐに終われるわけがない。

泣きたいけれど泣けない。ここは学校で、球技大会中で、もうすぐ夏海の出番なのである。運動がそこそこできる夏海は、バレーボールのセッターを任されている。

――失恋って、こんなに痛い……。

和哉は知らないから、夏海はこれまで通りの場所で、これまで通りに振る舞うことができる。特別だと思ってしまうやり取りも、ただの幼馴染に対してのものだと判断できる。

和哉は知らないから、夏海はこれまで通りに振る舞わなければいけない。

告《い》うと壊れると分かっているのに、今のこの関係を進んで崩そうとは思えない。和哉のことが、人としても友人としても好きだから。

夏海の願いは、静かに、ひっそりと、和哉への恋を終わらせること。終われなくても、蓋《ふた》をしていくのだ。失恋には新しい恋が効く、とよく聞くけれど。

——和哉がこんな近くにいて、新しい恋とかできる気がしないなぁ……。

その日から、夏海が和哉の部屋を訪れる頻度は減った。新しいゲームを買ったから一緒にしよう、だとか、レンタルした映画一緒に観よう、など和哉が誘ってきたときだけになった。以前のようにベッドに上がることはせず、床に座って背もたれに使う。和哉がいつもと違うことに気付き、「もしかしてベッド臭い？」と尋ねてきたときは、「違う違う。なんとなく」と、あいまいに誤魔化した。

幼馴染は続く。

けれど、あれを聞いてしまってから、夏海は和哉に対して明確に距離を置いた。友達以上の部分を少しずつ削っていった。

甘辛い麻婆豆腐は美味しかった。和哉は夏海の好みをよく知っている。細かいこともちゃんと覚えているのである。マメなのか、単に記憶力がいいのか、自然と気配りできる男なのだ。

——いちいち喜ぶ私も変わってない。和哉のＥＤのこと……協力するって言ったけど、それ自体は別にいいんだけど、問題は和哉に触られても嫌じゃなかったこと……。私はまだ恋心を引きずっているんだろうか。それともまだ好き？　とか？　いやいやいや、それはない。それはない、はず。

夏海はごろりと寝返りをうつ。見慣れた天井。匂いすら感じない使い慣れたベッド。今夜はこの家に一人きり、気がまぎれるものもなく、どうしたものかと一人悶々《もんもん》と過ごす。

もう十日以上、熱帯夜が続いていた。


日は進んで金曜日の夜。以来和哉からの連絡はなく、夏海は別件でへこんでいた。仕事は、案外慣れてきたと思い始めたあたりで、ミスをやらかしやすい。

トラブルにはなっていないため、多分小さなことである。取引先との契約関連書類で、押印するハンコを間違えた。送付する前に指導担当の先輩にチェックしてもらい、そこでミスが発覚。すぐに作り直して特に問題はなかったのだが、ちゃんとできていると思っていたからこそ、指摘されるまで気付かなかったミスに落ち込んだのだ。「これくらいの時期になると仕事にも慣れてきて、〝できる〟って勘違いしてミスする新人多いんだよな。気ィ引き締め直せよ」と指導担当には釘《くぎ》をさされた。グサグサと率直にものをいうことで有名な男性社員である。

まだまだ新人なのに、気を緩めていた自分に落ち込む。来週からまた頑張ろうという気持ちを込めて、ピーチチューハイの残りをぐいっと喉に流した。しょげていてもお酒は美味しい。

スマホにSNSの通知が入り、見ると和哉だった。

『いま暇？　ゲームしに来ない？』

タイミングがいい。晩ご飯もお風呂も終え、一人で晩酌していたところなのだ。

『今から行く』

それだけ送信し、淡い桃色のパジャマから運動用のTシャツと黒いジャージのハーフパンツに着替えた。


家の前で和哉に電話をかけると、数十秒で玄関ドアが開いた。

「いらっしゃい。……あれ？　元気ない？」

ドアを開けた和哉が、夏海を見てまずそう言った。

「元気ないように見える？」

こくりと頷いた和哉に、夏海は曖昧に笑いかける。自分としては変わりないと思っているのに、さっきしていた一人反省会が顔に出ているのだろうか。

――なんで分かっちゃうのかな。こういうところが、和哉の良いところでもあり、罪作りな……女を勘違いさせるところだな。

「仕事でちょっとミスしたの。ミスってか……気が緩んでたの。グサっと指摘されてちょっとへこんだ。それだけ」

「そう？」

和哉は首を横に傾け、軽く言った。天気の話でもしているような相槌《あいづち》だ。

「それじゃあ、そういうときは、お酒でも飲もう」

さっき一人でチューハイ一缶あけちゃったんだよな、と思いながらリビングに入ってく和哉を追う。ソファには大柄の男性が座っており、金曜ロードショーを観ていた。夏定番の『サマーウォーズ』を放映している。

「お、夏海ちゃん。こんばんは。何度見てもサマーウォーズは面白《こ》い《れ》よね。おじさんと一緒に観ない？」

消防士をしている和哉の父だ。細身の和哉に対し、肉厚でがっちりした体つきをしている。勇ましい顔つきだが、優しさが滲《にじ》み出ている。ご近所さんからの人気も高い。

「おじさん、こんばんは。私もサマーウォーズ好きですよ。これTVでやってると、夏だなぁって感じがしますよね」

「ちょっと父さん、夏海は俺とゲームすんの」

キッチンで何やらカチャカチャと用意を始めた和哉が会話に加わる。

「ええ、残念。夏海ちゃん、ここ座っときなよ」

「あ、はい。お邪魔します」

「お酒、何にしよっかな？　シュワシュワしたやつがいいかなー。なぁ父さん、スパークリングワイン開けていい？　ここにあるアスティ・スプマンテ」

「いいぞー。何作るんだ？　父にも頂戴」

魔法使いが杖《つえ》を掲げて唱えるような名前である。水魔法系統かな、と夏海は考えた。

キッチンには濃い緑色のワイン瓶《びん》とリンゴジュースの紙パックが並び、和哉は冷蔵庫から取り出した林檎《りんご》を切っている。何を作ろうとしているのかさっぱり分からない。

「母親に似たのか、料理好きで上手だし、美味しいお酒作りも最近ハマってるみたいなんだ。旦那にどうかな、うちの息子」

「もうねぇ、私こそ是非にとお願いしたいくらい、引く手あまたな息子さんですよね」

夏海達が軽口を叩たいている間、和哉はビールジョッキ三つにリンゴジュースとスパークリングワインを淹《い》れていき、透明のマドラーでくるりと混ぜる。その上にカットした林檎を浮かべて完成だ。

「はい、父さんのはコレ。アルコール高めね」

「おー、ありがとう。それでどう。二人とも、一緒に観ない?」

和哉父はよほど一緒に映画を観たいらしい。和哉がバッサリ断り、夏海は「また次の機会によろしくお願いします」とソファを立った。「そんなこと言ったら、父さんマジで夏海を呼び出すかも」と和哉がぼやく。

和哉の部屋は先週より一段ときれいにしていた。ビールジョッキをゴトンと置いたローテーブルの真ん中には、この夏発売された『三國武闘』の新作パッケージがある。新品らしいツヤツヤした光沢で存在感を放っていた。

「三國じゃん!　新しいの出たんだ!!」

「そう！　約四年ぶり！　夏海もやるだろ？　どの国からいく？」

「呉！」

三國武闘と戦国武闘は初期シリーズから二人でプレイしてきたゲームである。

家庭用ゲーム機の起動を待ちながら、お酒を一口頂く。

「えっ、美味しい。甘い。美味しい」

リンゴジュース特有の濁りある薄い肌色の液体に、しゅわしゅわと気泡がわいている。

スパークリングワインが入っていると言うから、辛みや酸味があると予想していたのだが、思っていたより甘い。赤ワインも白ワインも好んでは飲まない夏海だが、これは美味しい。

「そっか、良かった。ワインも甘みが強いやつだから。辛いのあんまり好きじゃないでしょ？　ジュースもちょっと多め」

「ほんと、よく知ってんね……」

「そりゃあ夏海のことだから」

さも当然と言わんばかりの和哉に、夏海はジョッキをぐいっと呷《あお》る。

ちょっと落ち込んでいるときに美味しいお酒を出してくれて、特別っぽい台詞を吐いてくれて、なんだここはホストクラブか。そういうところが素敵で駄目なところだぞ。

「美味しいカクテルもお家で作れるんだね。私も作ってみようかな～。って言いつつも多分しないだろうけどさ」

「そんなの俺が作るよ。いつだって、夏海のためなら」

ＥＤ克服に協力してもらうのだし――という台詞を、夏海は心の中で付け足した。でないと勘違いしそうになる案件である。

買い置きのビールやチューハイでなく、ちょっぴり手間をかけたお酒を作ったのは夏海を元気づけるためだろう。和哉は気配りのできる男なのである。

「……んじゃ、和哉がいるときは作ってもらおうかな」

「うん、また美味しそうなのいくつか試作しとく。最近ハマってんだよな。店で飲むより家で作った方が安いし沢山飲めるじゃん。好きなようにブレンドできるし、俺の母親ああいうの好きだから材料費折半できるし」

言っていることが主婦のようだ。

「おばさん料理好きだもんね」

そして和哉も料理が上手だ。

二人はゲーム画面を操作し、和哉は呉のイケメン男性キャラクターを、夏海は輪っかのような武器を振り回す女性キャラクターを選んだ。初めにプレイするキャラクターというのは長年変わらないものである。

「ね、明日予定あんの？」

「お昼は佐奈《さな》ちゃんとボルダリング行く。高校のとき同級生だった佐奈ちゃん、覚えてる？　夜は大学のサークルメンバーで飲み会が入ってる。何か用事あった？」

「佐奈ちゃんって、高橋《たかはし》だよね？　覚えてる覚えてる、二人仲良かったよなぁ。高橋がボルダリング行くとかちょっと意外。用事はないけど、暇だったらゲームするか、俺のあれの治療をどうにかなんとか、どうですかねー？　って話だった」

「治療って、どうすればいいか思いついたの」

「いや、全然。……ってのは嘘だけど、俺の希望でいくと夏海さんの負担が大きすぎる訳で、いい方法は思いつかない。……先週のこと思い返してたら、俺ってなんてことしたんだろ……って。今週はそればっか思ってたよ」

それは夏海も何度も思った。

「どんな顔してどんな会話で連絡とればいいのか迷って、そしたら新作の三國武闘出てるじゃん。あ、これは買えってことだなって」

「ずっと一緒にやってきてるもんね」

そう返しながら、和哉がそこまで迷っていたことに少しばかり驚いていた。そもそも協力の件は、和哉が強引だったから引き受けたのである。何を今更である。

「そう……だからゲームをダシにしました」

夏海は笑った。なんだか気が抜けたのだ。

暑い日中を終え、ようやく涼しくなった夏の夜空に星が流れたのを偶然見たような、そんな微笑みを、和哉がそっと見ていたことに夏海は気づかなかった。

「いいよ。和哉の希望に応えるかどうかは私が決めるから、とりあえず言って。もう今更だし。いつにするか、決めよう」

「来週でもいい？　金曜の夜か土曜、どっちかは両親ともシフト入ってて家にいなかったはず……」

「おっけ。そこ、絶対間違えないでね」

「合点承知。でないと俺ら二人とも、しぬ」

夏海は想像した。半裸もしくは怪しげな状態にいる自分達が、澤村家家族に見られてしまうところを。

考えただけでも恐ろしい。

違いない、と小さく口からこぼした。

2　人酒を飲む、酒酒を飲む、酒人を飲む

壁一面に、ホールドと呼ばれる色とりどりの石が打ち付けられている。垂直の壁、少し傾斜のある壁、傾斜が強すぎて最終的に地面と平行になる壁、等々、種類豊富な壁とエリア。各ホールドの傍には様々な色のビニールテープが貼られている。それは十段階のレベルに分けられたコースを示していた。同じ色のテープが貼られたホールドのみを掴み、コースによっては足場も指定され、ゴールまで登っていくのだ。

床は全て、衝撃を吸収するためのフカフカのマットレス。フロアには、脚を投げ出して談笑していたり、胡坐《あぐら》を組んでクライミングのイメージトレーニングをしていたり、「ガンバ！」と登っている最中の人を応援する人達。土曜日ということもあり、なかなかの賑《にぎ》わいである。

夏海は友人の佐奈と二人、クライミングジムの一角で休憩中だ。レンタルのクライミングシューズを脱ぎ、痛み出していた足指を伸ばしている。シューズは通常、普段のサイズよりも小さいものを選び、足指を折り曲げた状態で履く。友人の佐奈は、最近買ったというクライミングシューズを慣らすため、しょっぱい顔をしながらシューズを履いたまま

だ。自前のクライミングシューズまで買う人を、夏海はガチ勢と呼んでいる。フワフワした小動物のような可愛い友人はもちろんガチ勢で、ボルダリングにハマってから持ち前の運動神経の良さでメキメキ上達していた。

佐奈に誘われ、ボルダリングは数度目の夏海は、既に前腕の筋肉がビキビキと悲鳴をあげている。初めて来た日など、翌日が休日で良かったと心底安堵《あんど》したくらい筋肉痛にさいなまれた。腕だけではなく上半身全てがやられ、腕をまっすぐ上げるのにも困難を要したのは人生初めてのことだった。

ボルダリングジムは良い。通う場所にもよるが、夏海達が来ているジムは初心者も入りやすい雰囲気と開放感がある。冷暖房も完備でほどよく運動ができ、フロア自体が広いので友人と話すのももってこい。入場チケット代わりのリストバンド——足首につける人もいるが——を外さない限り、一日フリーパスなので外出もできるのだ。

「夏海ちゃんさぁ、仕事の方はどうなのー？　私はしんどいよ最近～」

「可もなく不可もなくボチボチって感じ。佐奈ちゃんが自分からしんどいって言うの珍しいね」

「そうなの聞いて、しんどいの～。看護師ってキツいって分かってたけど、業務だけじゃなくて、人間関係がクソ面倒なの～。優しい先輩だっているけど、何であなた看護師になったの？　って感じのいけ好かない性悪女とか、良いドクターだっているけど、医者以外は人間だと思ってないような高慢ちきクズドクターとか……看護師一年目で何もできてないのは分かってるんだけど、仕事関係を除いたところでもあまりあるの～誰だって一年目があったんだし、ほんとクソ野郎達～」

「たまってたんねぇ佐奈ちゃん……。相変わらず、その可愛い見た目に反して吐く台詞のギャップがすごいね。そーゆーとこ好き」

「給料いいし、手に職で将来離婚したって安泰だから頑張るけど～」

「そこはかなりの強みよね」

「はぁ。壁はいいよね……。裏切らない」

ここで言う壁とは勿論ボルダリングの壁であり、レベル別の課題である。うっとりして言う佐奈はずぶずぶにハマっている。

「疲れてんねぇ……」

恍惚《こうこつ》とした表情で壁を見つめる佐奈に、夏海は少し心配した。

「うんもうほんとそう。疲れてるの。聞いてくれる？　ねぇ聞いてくれる？」

「いくらでも聞く。さ、とりあえず一回登っておいでよ」

「それもそうね～」佐奈はぴょん、と立ち上がって壁にかじりついた。

少し休憩して筋肉を休め、おしゃべりし、壁に向かってまたトライを繰り返す。夏海は、患者側からはあまり聞きたくないような医療系職場の愚痴を沢山聞いた。

夏海の筋肉疲労が限界にきた頃、まだ体力に余裕のある佐奈がニヤリとして言った。

「ところで。澤村和哉君とは、最近どうなの～？」

「どうもこうも、相変わらずだよ」

「相変わらずって言うと？　家行き来したり部屋入ったりゲームしたり映画みたり熟年カップルみたいな休日過ごしてんの？」

「カップルじゃない……」

夏海と佐奈は高校からの友人で、一年と三年のときクラスメイトだった。夏海は近場の大学の文学部に進み、佐奈は隣県の看護大学に進んだため大学時代はなかなか会えなかったが、親交は続いていた。このたび社会人になって佐奈は地元に帰ってきている。

勿論和哉のことも知っているし、夏海が和哉のことを好きだったということを唯一知る人でもあった。

「それで付き合ってないって言うんだもんね。高校から思ってたけど、分かんないな～。特に澤村君が分かんない。ただの幼馴染とか言いながら、絶対陰で付き合ってると思ってたもの～。澤村君は今彼女いるの？」

「今はいないみたい。あれから……ここのところ、作ってないみたいだけど」

「へぇ～？　澤村君、何もしてなくても女子が勝手に群がってくるのにねぇ、作ってないんだ。確かに外見も内面もいいけど、なーんか優柔不断なところとかがね～私にはそこまで魅力が分からなかったけど～」

「……」

「あ、ごめん」

佐奈は少しだけアンチ和哉だ。何故なら、夏海と和哉が付き合っているものだと思い込んでいたのと、佐奈がそう思うだけの真心を夏海にみせていたと感じていたのに『そういうのじゃない』と否定し、夏海が人知れず傷ついたことで、若干逆恨みのような感情を持っているのである。佐奈が言うには、「ここまでしてるのに恋愛の類《たぐい》じゃないって、勘違いさせてんじゃね～よ」という怒りだそうだ。大学一年のころ、突然彼女を作ったことに対しても苛立っていた。

そういうとき、夏海は困ったように微笑む。自分のことを心配して、想って言ってくれているのを知っているから。

「優柔不断っていうのは同意する」

「世の中のイケメンってどうしてこうも優柔不断が多いんだろうね～。優しさとはき違えてるだけよね～ただ単に自分が傷つきたくないだけの嘘まがいな言い訳ばっかり～」

「佐奈ちゃん、ほんと疲れてるね」

後半部分は和哉に対してではなく世間への愚痴である。にこにこして壁を見つめているのに目は笑っていないので怖い。話を聞くに、イケメンのモンスターペイシェントに色々やられた直後らしい。

「いやもうほんと、そんな上から目線で侮辱してくるんなら、こっちだって分かりやすく、それこそ馬鹿な頭でも理解できるように言い返してやりたい～けど一応患者だからできない～」

「患者さん相手だから難しいよね……。平時では佐奈ちゃんの誤魔化しのない物言い、好きだけどなぁ。憧れてるところもある」

「夏海だって言うときはスパーン！って言うじゃない～」

「え、そう？」

「そうだよ、それで仲良くなったじゃない。高一のときのこと覚えてない？　入学してまだそんなに経ってないのに、クラスで孤立しそうになった私のこと」

「佐奈ちゃん孤立までしてたかな……？」

　高校に入学して一ヵ月程経った頃だった。クラスの中で女子のグループも固定化され始め、発言力の高さなのか、目立つ容姿が基準なのか——微妙なスクールカーストができ始めていた。佐奈は成績も良く、ふんわりして可愛い。そして見た目に反して毒舌である。かつ、意に反する同調はしなかったので——カースト上位のリーダー格と反りが合わなかった。分岐したレールが少しずつ離れていくように、ゆるやかに空気が悪くなっていった。

　お昼ご飯も一人で食べるようになった佐奈に近づいたのが夏海だ。「一緒に食べてもいい？」と近寄った夏海を、教室にいた女子達は勿論注目した。夏海も佐奈も、その視線を感じずにはいられなかった。「……めんどいことになるかもしれないよ」と言った佐奈に、夏海はにっこり笑って弁当を広げ始めた。

「あのときはねぇ～結構びっくりした。なかなか凍り付いてたじゃん教室も～」

「佐奈ちゃんは今より歯に衣着せぬ物言いしてたよね。カッコイイと思ってたんだよ」

「いやまぁ私も若さのせいか、ちょっとトガってたと思うけど～。あそこで夏海が『派閥だとか他人がどうこうとか面倒だよね。どうせ死ぬときはみんな独りなのに』って言ったのもなかなかだと思うの」

「そんな風に言ったっけ？」

「そうそう。それから夏海もちょっと微妙な立ち位置にいたけど……なんか、夏海って慣れてたよね～ああいう女子の目線に対して」

「佐奈ちゃんとお近付きになりたかったから、結構勇気出したんだよ。それに……慣れてたとかじゃないけど、和哉とお隣さんやってたら、それだけでやっかまれることは、少なからずあったから、かなぁ」

仲が良いことに対しての嫉妬、たいして美人でもないくせに釣り合ってないとの意見、誰誰ちゃんが澤村君のこと好きなの知ってるのにどうしてそんな無神経なことができるの、等々。小学校のときから何通りも体験してきた。

「でしょうね～。女子って、いつの時代も囲みだとか噂話が好きだもの～」

「……面倒だよねぇ。そもそも和哉は、私のことが好きだった訳じゃないのに」

外野から言われる度に夏海は思っていた。美人でないことも、和哉と釣り合わないことも自分がよく分かっている。和哉は自分を好きな訳ではないから、ただの幼馴染としての友情だから安心して欲しいと。

無遠慮な言葉をぶつけられる度、自分の体に楔《くさび》を打たれるように再認識してきた。

「……高校の頃もあったよねぇ澤村君絡み。それだけ周りからは、特別な関係にみえたのよ」

「そういうのじゃなかったのにね。……休憩したし、そろそろもっかい登ろうかな！」

「あんまり無理すると明日に響くよ～」

疲労しきった腕でホールドを掴む自分の背中を、佐奈が哀しみと慈愛を湛《たた》えた瞳で見つめていたことを夏海は知らなかった。

宵の口。佐奈とはボルダリングジムで別れ、夏海は大学時代のサークル仲間との飲み会に来ていた。適当に後ろでまとめていた髪を、簡単な編み込みをまぜた一つくくりにしている。飲み会モードを考え、夏らしい青い雫《しずく》の形をした揺れるピアスと、職場と兼用の控えめな腕時計も付け直した。

佐奈は、体が悲鳴をあげた限界の、さらに先まで酷使してから帰ると言っていた。ストイックが過ぎる。

夏海が所属していたのは、好き勝手に写真を撮ったり展示をしたり賞に投稿したりするフォトサークルだ。今回の参加人数は九人で、同学年の三分の二程度が集まっている。よくある居酒屋の個室で、料理は和洋折衷のコースと聞いている。

夏海は二時の方向に置かれたサラダの大皿を見て、面倒だなと思う。大皿は長テーブルに二個置かれてあり、遠くにあるもう一つのサラダは女子メンバーが取り分け始めていた。手前にあるサラダのトングは向かいの男子の位置に配置されていて、夏海が手に取るには遠い。だが、その男子は取り分けるそぶりも動くそぶりも全く見せない。たまにサラダと夏海の方にチラチラ視線をよこしている。

「サラダよそっていくよ。トングと取り皿貸して」

夏海がそう言うと、その男子が「よろしく」と言って取ってよこす。こういうとき、サッとさりげなく動ける女子が心底偉いと思う。夏海は正直面倒くさい。サラダなんて、一人ずつ自分で取っていけばいいとすら思っている。取り分ける暗黙のルールがあるならば、トングの位置に座っている人物がやればいい。ここが職場の飲み会であれば下っ端である夏海は率先して動いているが、ここはそんなことを考えなくていい集まりだ。

……などと、ぐだぐだ考えてしまうのは、サラダの各種類の分量を均一に取り分けることが不得手だからである。最後の皿になって生ハムやトマトが無い、と焦ることもある。

そう思っているにもかかわらずこうやって取り分けているのは、こういった雑事は女がするものだと、そう思っている類の男がここにも少なからずいるためだ。その男のためにやっているわけではない。そういった男が「やっぱりこういうのは女子が〜」と、とやかく言うのを聞くこと自体、面倒くさいからである。

「なっちゃん、ありがとー」

隣に座っている元カレの薪も、口に出しては言わないが、そう思っている傾向がある。付き合っていた当初は分からなかったが、四年間友人としてやっていると感じることがあった。ただ、こうやって「ありがとう」と言うので悪い気はしない。やって当然だと思っている男とは、天と地ほど違う。

——そう言えば、和哉からは全くそんな感じがしないなぁ。

和哉は、男とか女とか、やるべきとかやらないとか、そういったことにフラットである。幼馴染の夏海に対してだけではなく、誰に対してもそうだ。そしてきっと、あまり考えない。素直に、真っ直ぐ生きている。そんな気がする。

だから和哉といるときは楽だ。平坦《へいたん》で突き抜けている草原に立って風を浴びている感じがする。そしてたまに、眩《まぶ》しい。

「そーや。なっちゃん、彼氏できた？」

和哉のことをぼんやり考えていたところに、薪が突然話しかけてきた。上の空だったのに、夏海の手と口は勝手に動いていていてお皿は空になっていた。もう少し味わって食べるべきだった。

「ううん、できてないけど」

「ふーん？　なっちゃんさぁ、もしかして、俺と別れてから彼氏つくってなくね？」

薪のこの流し目は、サークル女子に人気だった。何故だろうか、夏海には色気よりも嫌な予感が先にくる。

「……そーね。それは事実だけど、別に薪のこと引きずって彼氏つくってない訳じゃない。今、『もしかして俺の事まだ好きなんじゃ……？』って思ったでしょう。私は分かったぞ。いいですか、断固として、違うと、言っておく」

「え、そんな顔にでてた？」

薪は悪びれない顔で笑う。毒気なく笑うので、どうも憎めないタイプだ。そして自分の外見が良いことも分かっている。

二人の会話が聞こえた幹事がこちらに身を乗り出した。

「そういや、薪と森下さん一時期付き合ってたよね。いつの間にかデキちゃってて、いつの間にか別れてて、なのに二人とも前と全然変わんないから、俺らも知らずスルーしてたけど」

付き合った当初は「へぇ。仲いいもんね」という反応で、別れたときの反応は「え？　いつ別れたの？　さっきも二人でフツーに喋ってたじゃん」であった、サークルの元リーダーである。

「そうそう、薪なんて二年になったら新入生のカワイ子ちゃん、すぐ付き合っただろ」

と言うのは別の男子。「お前、カッコイイもんなぁ、外見」と言われながら、昔を懐かしんでいるような微笑みを浮かべている薪は、その翌年また新入生と新しく付き合っている。恋多き男なのである。

夏海に対しては、恋であったか微妙なところだが。

初めて薪と会ったときは、失礼ながら何故フォトサークルに入っているんだろう？　と思ってしまったくらいの、見た目が現役スポーツマンのそれであった。一八〇センチを超える長身に、服の上からも分かる筋肉の付いた体。肌は日に焼け、ほりが深めの端正な顔立ちで快活に笑う。所狭しと写真を壁に貼っているこの部屋よりも、サッカーのピッチに立っている方が似合うな、と思っていたら、高校まではサッカーでDFをしていたらしい。見た目通りである。膝を痛めているので大学からは何か別のことをしようと思い、なんとなく惹かれて入部したと言っていた。

端的に言うと、薪もイケメンの部類であった。

ただ、夏海は和哉のおかげでイケメン免疫がついている。

サッカー現役時代は女子からキャーキャー言われていた、もしくはチヤホヤされていたであろう薪は、今まであまり出会ったことのないタイプ——つまり、自分の顔を見ても何の感情も抱かず、自分への態度も適当過ぎる夏海が珍しかったのだ、と夏海は思っている。夏海と薪はすぐ仲良くなった。それは友情であったし、薪の方も同じだと思っていた。

○

そうして大学生活も慣れてきた頃、友人の佐奈から電話がかかる。

「噂で、澤村君に彼女できたって聞いたんだけど、ほんと？　相手が夏海だったらまず私に報告するべきよね？　ガセなのホントなの、夏海大学も一緒でしょ何か知ってる？」

　佐奈は焦ったように早口だった。夏海は、突然世界から音が消えたような、自分一人だけがポツンと立っているような心地がした。血の気が引いてスマホが手からこぼれ落ちそうだった。

「え……？　彼女……？」

「……ごめん、夏海が知らないんだったら、ガセかな」

「……ガセ、なのかな。学部が違うから、和哉とは全然会わなくて」

——大学とサークル、バイトも始めて、新生活に慣れることでいっぱいで、高校の頃のように互いの家に行く頻度も激減していて……。

　電話の向こうで夏海の異変に気付いたのか、「突然電話してごめんね」と佐奈はゆっくり話し始めた。雑談である。和哉のことは横に置いておき、互いの近況を話して、帰省したときは会おうねと約束して電話を切った。

　そして夏海は和哉にメッセージを送る。

『噂で、和哉に彼女できたって聞いたんだけど、ほんと？』

　どうか嘘であってほしい——と思いながら画面を見つめていると、すぐに返信がきた。

『本当。噂まわるの早いなぁ』

茫然《ぼうぜん》自失《じしつ》ってこういうことを言うのかな、と思った。体が凍り付いていく。

『そっか。おめでと(*^_^*)』

震える指でタップし、スマホを置いてベッドに倒れ込む。

まだ、全然、好きだったのだなと思いながら。


ぼんやりと日常をこなす日々。何をするにしても、ふとした瞬間に和哉の顔がチラついて邪魔をする。相手の人がどんな人なのか知りたい気持ちもあるが、まだ知りたくない。そう思っていたのに、そういうときに限って、大学キャンパスのサークル棟近くで和哉を見かけるのだ。文学部と経済学部は特に場所が離れているから滅多に会わないのに。

和哉は綺麗な女子と一緒だった。二人の距離も近い。明るい茶色の髪を、編み込みを駆使しながら可愛らしくまとめ上げ、きらりと光るバレッタで飾っている。美人アナウンサーが着ていそうな清楚《せいそ》ワンピース、踵《かかと》のあるパンプスに、白い手持ち鞄《かばん》。遠くから見ても雰囲気で分かる、美しい顔。思わず男子が振り返ってしまうような——

何もかもが夏海と違った。二人は絵に描いたような美男美女だった。

夏海は自分の平凡な顔を必要以上に卑下していないし、七分丈ジーンズにチュニック、靴はスニーカーでリュックサックという動きやすい服装を気に入っている。ただ、こうやって比較してしまうこともある。それはどうしようもないのだ。

一緒にいるからといって彼女とは限らない。和哉に見つからないようにしながら、二人の背中を目で追ってしまう。すると綺麗な女子が、じゃれるように和哉の片腕に寄りかかって抱きついた。和哉はそれを振り払うことはせず、一言二言喋ったようだった。

そして二人は視界から消えていく。

その距離は、ただの友達じゃない。

夏海は、泣きそうになる自分を戒める。人の往来でいきなり泣くのも、高校のあのときに、これで失恋にしようと決めたにもかかわらず未練がましくずっと好きなのも、それをやめられない自分も、ぐずぐずしている自分も、嫌だった。

自分がどれだけ好きだって、相手がそれを返してくれるわけはない。人の気持ちなんて、どうしようもないし、そういうものなのだ。やり場のない想いは、いつか消えてもらうしかない。

夏海の専攻分野、百人一首の——千年以上も前の昔から、いつだってそうなのだ。悲恋歌の哀しさが身に重なる。

理屈では分かっていても、胸の痛みと悲しみは、どうしようもなかった。


和哉のことが分からなかった。

夏海が、推定彼女を見かけたその夜のことである。『ナイト&デイ借りたんだけど、ラブコメアクションだし、一緒に観ない?』と和哉からラインがきたのだ。

はぁ? と思った。

『彼女いるんだから、幼馴染とはいえ部屋に二人きりってマズイでしょ。それにそーいうのは彼女と観るもんなの』

何故、自分から傷口に塩を塗りこめなければならない——と思いながら、そう返した。

そのあと和哉からどう返信がきたかは覚えていない。

失恋の辛さに、和哉への謎の苛立ちが加わり、悶々と過ごす日々。できれば新しい恋を探したいし拾いたい。都合よくどこかに落ちていればいいのに。


「あれ。いま夏海ちゃん一人なん？」

「うん、そう」

「何しとんの」

「整理整頓。薪君、授業は？」

三限目が突然休講となったため、特にすることもない夏海は部室に行き、ファイリングの整理をしていた。気付けば和哉のことばかり考えてしまうので何かをしていたかった。埃《ほこり》のかぶった封筒や紙袋に放置されたままの写真は結構ある。黙々と作業しているところに、薪がやって来た。一回生の大半は三限の講義が詰まっているので珍しい。

「今日は先生の都合で早く終わってん。レポート提出だけみたいなもん」

薪は使い古された折り畳み机に帆布ショルダーバッグを置き、夏海の隣に並んで写真を眺める。その距離が少し近いと思わないでもないが、あえて言及するほどでもない。

「そうなの」

大学公認サークルである彼らの部室はとても古い。いつから使われているか分からない書棚、磨いても曇りのとれない窓ガラス、写真の劣化を防ぐためにも遮光性の良いものに変えようと言いつつ変えていない色褪《あ》せたカーテン。机の木目調の天板は端から剝がれかけ、何度も接着剤で補修しているし、ガタガタになった四脚の先には両面テープとフェルトで高さ調節している。このフォトサークルは財政難であった。

「これ、誰が撮ったやつか分かるん？」

「分からない。ってか大分古そう。でも紙袋の中に放置されたままじゃ日の目を見ることなく劣化するだけだし、ゴミだと思って捨ててしまいそうだから、適当に分類して保管しようと思って。これだけ埃かぶってたのなら、多分私達が触ってもいいやつでしょ」

そうやなぁ、と頷いた薪もパラパラと写真を手に取る。

「星空の写真もあるやん、これすっごい綺麗やなぁ。個人で天体観測に……いや、旅行とか？　そのときのノリで決めるって言ってたけど、今年はサークル旅行あるんかな〜？」

サークル旅行は撮影ありきもので、毎年開催しているわけではないらしい。これが皆で撮りに行ったものなのかは夏海も気になった。気になったついでに、もう一つ心にひっかかっていたことを思い出す。

「薪君さ、フォトサークル入った理由は『なんとなく』って言ってたよね？　正直、初めのころ薪君すぐ辞めると思ってたんだけど、写真撮るのは熱心というか、勉強もしていて、結構好きなようにみえるのね？　本当は何かきっかけがあったんじゃないかって、ちょっと気になってて……言いたくないなら言わなくていいけど」

夏海がそう言うと、薪は少し驚き、嬉しそうに顔を綻ばせる。

「夏海ちゃん、俺のことよく見てるなぁ。なになに？　そんな知りたい？　俺のこと好きなん？」

「この星空の写真、いいカメラじゃないと無理だよね……部の共有カメラにあるのかなぁ。いつか一眼レフ買いたいけどまだ無理だし」

面倒な返答にはスルー対応して無かったことにする。

「夏海ちゃん、ごめん、俺のキッカケ聞いてくれへん？」

「薪君は余計な一言好きだよねー……」

ただ、余計な一言も相手をみて問題ない範疇《はんちゅう》におさめている。おそらく無意識で。でなければ、自称彼女がワラワラ湧いても不思議じゃない。

「俺、小中高ずっとサッカーしとって、むしろサッカー以外は何もしてなかったんよな。練習のし過ぎか体質か、膝が故障して……半月板は痛んどるし靭帯《じんたい》も緩んどるんよな。ガチのサッカー続けるためには手術が必要で。高校でもうやり切ったって思えたから、やめてん。新しいことしようと思って大学に来たけど、いざサークルやら考えたとき、何も浮かばへんねんな。サッカーしかでてこん自分に呆《あき》れて……んで、インハイ予選の地区大会のときの、写真思い出して。俺ら結構いいところまできてたから、吹奏楽部とか応援にきてくれてて、写真部も来てくれとったみたいで……まぁそれは終わってから知ったんやけど。ピッチに立ってる俺の写真のカッケーことカッケーこと」

「うん」

「夏海ちゃん、ここ一旦笑うところなんやけど」

「いいから続けて」

「……で、選手の俺らの写真はすごく良く撮れとって。写真のこと何も分からん俺らにも分かるくらい。いつもより二倍増しかっこよく見えるからなぁ、驚いた。……あとな、ベンチにいる仲間の写真も撮っててん。心配そうに見守っとるやつとか、誰かがゴールした瞬間のやつとか、勝利が確定したときのところとか。ピッチに立っとるときって、勿論ベンチは見えるけど、それより目の前の試合に集中しとるから。ああ、こういう表情しとったんやとか、全体の空気感とか、……なんか、あれスゲー良かったんよな。うーわ語っとるみたいで恥ずかしい」

「なんだかいい話だよ。それで？」

「……それで、あの写真のこと思い出して、俺もああいうの撮れたらなーとかチラっと思って、このサークルに入ろうと思ったわけ！　終わり！」

「……いい理由じゃん。全然、なんとなくなんかじゃないじゃん」

　薪は照れ臭そうに笑った。

「俺の入部理由覚えとんの？　やっぱり夏海ちゃん俺のこと好きやんね？」

「膝は大丈夫なの？　手術とか言ってたけど」

「またスルーしよるし……。膝は、日常生活とか、遊ぶくらいなら問題ないで。将来的に変形性膝関節症とかには、なるかもしれんけどなー」

「そっか」

夏海が、ほっとしたような、寂しいような顔をしたので、薪はじっとその横顔を見つめていた。二人の間に沈黙がおりたが、夏海は気にせず写真の整理を続ける。

窓辺には傾き始めた太陽の光が落ち、ふわりと風が吹いた。

空気と光をはらんだカーテンが揺れるのを見て、薪は今、世界が動き始めた気がしたという。

「夏海ちゃん、俺と付き合おう」

「……は？」

「俺、夏海ちゃんと上手くいく気がする。そんな気ぃしかせん」

「……はあ？」

「俺と付き合って！」

夏海は思考が停止した。男子に告白されるのは実はこれが初めてであったし、まさかこんなタイミングでこんな告白をされるなんて思ってもいなかった。

「あれ？　聞いとる？」

「……話が、よく、分からない」

「夏海ちゃんと付き合いたいなって。どう？」

「どうも、こうも……」

『付き合いたい』であって、『好き』とは言っていないことを、気にしてはいけないのだろうか。

「夏海ちゃんも、俺のことけっこー好きやろ?」

「薪君は……好感は持ってるけど、そういう好きなのかどうかは……」

「ほんなら、男子のなかで俺は何番? あっ、好きな奴が他におる?」

——和哉——。

「ま……き君は、確かに、一番仲がいい男子かも」

「やった! 俺と夏海ちゃん、気が合うやん。夏海ちゃんとおるとき、気ぃ張らんでいいっていうか、気持ちいいっていうか、楽? やし。夏海ちゃんも自然体やと思うし、付き合おうや」

「……そういうのって、アリ?」

——いい加減、和哉のことを考えるのをやめたい。新しい恋だってしてみたい。

「ありあり!」

——薪君は、一緒にいて楽しい。気も合うと思う。何においても反則的な場所にいる和哉を除いて、たぶん、一番近い男子……。

「じゃあ、お願い、します……」

「よろしく彼女の夏海ちゃん!」

真夏の太陽のように笑った薪と、夏海は握手をしたのだった。

しかしそれから、夏海達はすぐに別れることになる。本格的に夏入りして、夏が終わるころまでにはサヨナラした。彼氏彼女になっても関係性はあまり変わることなく、これといって喧嘩《けんか》もなかった。破綻のきっかけは、きっとアレだろう。

初めてのセックスが、うまくいかなかった。

いや、一応最後まではできたが、お互い消化不良と言えばいいのか、よく分からない謎のぎこちなさが残った。夏海が処女だったのが原因かもしれないし、薪が下手くそだったのかもしれないし、彼も実は初めてだったのかもしれない。

あぁ、こんなものなのか。それが夏海の、セックスに対する正直な感想である。

二人のやり取りにぎこちなさが出始めたころ、薪の方から「やっぱり友達に戻らん？」と別れを切り出され、夏海も「うん」と了承して、後腐れなく別れたのであった。

夏海は、ほっとしていた。

薪を、誰よりも好きになろうと思った。和哉を除けば、一番好きだったことは間違いなかった。薪に対して不誠実なことはしなかったが、和哉を忘れることもなかった。隣の家に住んでいるのである、嫌でも思い出す。

薪の方も、夏海に恋している！　という熱量が、実のところ感じられなかった。あのとき何を思って夏海に付き合おうと言ったのか、最後まで分からなかった。

付き合っていたころは名前で『真一《しんいち》君』と呼んでいたのも、すぐ『薪君』に戻した。

薪の方は、ずっと『なっちゃん』呼びだが、そういう男なので気にしない。不思議なことに、別れても友人関係は変わらなかった。むしろ、最後のギクシャクしていたときより仲がいい。卒業式は一緒に参加したくらいだ。

仲がいいイコール彼氏に向いている、という訳ではないことを、夏海は学んだ。今のところ、最初で最後の彼氏である。

○

それぞれ仕事や恋愛の近況を語り、宴もたけなわとなってきたころ。夏海はお手洗いへ行くために席を立った。自分の話をするよりも人の話を聞くタイプなので、こういうとき動きやすい。廊下でスマホをチェックすると和哉からSNSのメッセージが入っていた。

『飲み会楽しんでる？　今夜は家の車使えるから、駅までお迎えに行けるよ☆』

珍しい。むしろ、車でお迎えなんて初めてである。

『何時になるかまだ分からないから、いいよ』

『何時頃か分かったら連絡して』

甘えてもいいのだろうか。それと和哉はペーパードライバーではなかったか。若干怖い。

「なに？　ほんとは彼氏おんの？」

気付けば、目の前に薪がいた。彼も中座したようだ。どうしてそこで彼氏という言葉が出てきたのか不明である。

「いや、なんかニヤけとったから」

確かに顔が緩んでいたかもしれない。ごまかすように、頰っぺたを指の背でマッサージした。

「いないよ。ってか、『彼氏つくってなくね？』って言ったの薪君じゃん」

「ん〜。まぁそうやけど」

煮え切らない返事である。

「なっちゃんさぁ、俺のこと薪君って呼ぶよな」

「そうだね」

「もっかい、真一って呼ばへん？」

「え、何で」

突然変な事を言う——と、即答した夏海に、薪は「う〜ん……」と小さく唸りながら斜め下を向いている。薪の体はでかい。スポーツマンは運動を止めると太ると聞くが、薪は大学入学時と変わらない体型を維持している。おそらく努力している。

しかし狭い廊下に突っ立たれると通りにくいし、見目引く容姿をしているので、先程からチラチラと女性客に見られている。加えて薪が何かを言いかねているこの雰囲気、放置して席に戻りにくい。

どうしようか、と思っていたとき、個室の扉を開けて廊下を覗《のぞ》き込んだ幹事の声が響いた。

「そこの元カップル！　次はお前らの馴れ初め話だぞ！　安心しろ、場はあたたまっている！」

「「誰が話すか」」

この元カップル、呼吸は合うのである。


最寄り駅に着き、夏海はココアブラウンのボックスカーを探す。廊下で何かを言い淀《よど》んだ薪からは、「今度一緒に飲みに行こう」と誘われ、軽く了承したのだった。

目当ての車の中で和哉はうたた寝をしていた。駅前の煌々《こうこう》とした照明が暗い車内を薄く照らす。無地の黒いTシャツは襟《えり》ぐりが大きくあいており、そこからのぞく鎖骨が色っぽいと、不覚にも思ってしまった。

コンコン、と窓ガラスを叩くと、和哉がゆっくりと目を開いた。

何をやっても様になって見えるコレを、ＣＭワンシーン症候群だと診断しよう。

「ごめん、待たせた？」

「ううん、寝てたから待ってた感じしない。飲み会楽しかった？」

「うん。佐奈ちゃんとのボルダリングも楽しかったよ。仕事しんどそうだった」

「ボルダリングな～俺も行ってみようかな。興味ある」

助手席に滑り込むと、和哉からトマトジュースが渡された。二日酔いするほど飲んでい

ないけれど、ありがたい。気の利く男である。

「お迎えありがとう。ちょっとびっくりした」

プシュ、と気の抜ける音を立てて缶を開け、こくりと飲んだ。尋ねるか迷っていたが、言うことにした。

「あのさ、お迎え来てくれたのって……、アレを協力することになったから？　別に気を使わなくてもいいのに」

「違う違う。俺が迎えに来たかっただけ。車の運転も練習したいし……夏海のお迎えに行くって言ったら、機嫌よく家の車貸してくれるんだよ」

「そーお？」

「そうそう。それに、夏海さん、可愛いですから。夜道は危険ですよ」

「……。可愛い？」

「可愛いよ」

和哉は照れもなく、ただ事実だけを言うように、そっと言った。

和哉から可愛いなど言われたのは初めてだ。たぶん。小さな驚きと、悔しくも舞い上がってしまいそうで、恥ずかしくなってきたため夏海は話をそらす。

「ねぇ、和哉ってペーパーじゃなかった？」

「ペーパードライバー卒業しようと練習中。はいっ！　出発しまーす！」

「スリルまんてーん……」

翌日の日曜日。夏海はベッドの上で丸くなっていた。顔には生気がなく、一人でうんうんと唸っている。

生理痛である。

「せっかくのお盆休みなのに……なにこれ今回すごく痛いぃ……」

誰に言っているわけでもなく、生理痛のときは独り言が増える。朝から調子が悪く、昼を回ったあたりから痛みが強くなり、もう夕方だ。薬は飲んだものの効きが悪い。観るのも読むのも疲れるため、こういうときはアプリでラジオを聞いている。スマホから流れる洋楽が今唯一の癒しである。

その音楽が一瞬消え、ＳＮＳの通知音が入った。首を動かして画面を見ると、和哉であった。読むのも文字を打つのも疲れるため、通話ボタンを迷わず押す。

「もしもし～なぁに～？」

『え、と、夏海いま暇かなーって。……大丈夫？　声しんどそうだけど』

「生理痛がつらい……つらたん……なんで男には生理がないの不公平ぃぃぃ」

『それは、ごめん』

「だから暇だけど暇じゃないよ」

『心配だなぁ……。お見舞に行ってもいい？』

「え？　いや、まぁ、別にいいけど……？」

来たところで和哉は暇だろうが、夏海はベッドの上で唸って過ごすのも飽きてきていた。話し相手――もしかすると一方的な愚痴り先になる――ができるのは良い。

通話が切れてから十五分後くらい。インターホンが鳴る音がし、「夏海ちゃんには連絡……」「あの子今日……」など、階下から母と和哉の声がわずかに聞こえた。

トントンと階段を上がる音がして、今日はちゃんとノックをされる。

「夏海、いーい？」

「どうぞー」

和哉はタンブラーを片手にそろりと部屋に入ってきた。夏海はベッドの上で綿毛布にくるまったままである。傍まで来た和哉は床に座った。ちょうど夏海と目線が一緒になる。

「大丈夫……って聞くのは野暮だよな。良かったら、はちみつ生姜《しょうが》湯、飲む？」

艶消し特有の光沢がある、黒いステンレスタンブラー。上部にはいくつかの傷がある。和哉が日頃使っているものだろう。

「作ってきてくれたの？」

「お見舞だから」

夏海が上半身を起こして手を伸ばすと、和哉は飲み口を開けてからタンブラーを渡した。こうした気遣いが、じんわりと胸を温かくしてくれる。

「わ、生姜の味だ」

「えっ、入れすぎた⁉」

「ううん、そんなことない。ちゃんと甘いし、温まる。ありがと」

また一口飲んで、ほっと息を吐いた。すりおろし生姜が喉を通って胃に入り、じんじんと体を温めていく感じがする。はちみつのおかげで飲みやすい。

「何かして欲しいことある？　マッサージとか。部活のときちょっとやってたから上手いよ」

「今はいいかな。ね、なんか話してよ。床なんか座ってないでベッド座って」

何かあったかなぁと呟《つぶや》きながら、和哉は腰を上げてベッドの足元に座り直した。

「んー、じゃあ今日何してたの？」

「ああ、それならね。今日はバーベキューに呼ばれてた」

「だから顔が少し赤いのね。日焼けしてる」

「やっぱり？　ちょっとヒリヒリしてんだよな〜これ……。んでさ、メンバーが高校のときの……」「……えっ、そんなことに……」「そう、それで……」

それから束の間話をした。不思議なことに、少しだけ痛みが和らいだ夏海だった。


お盆休み明け。まだもう少し休んでいたい……会社全体にそんな倦怠《けんたい》感が蔓延《まんえん》しているなか、夏海のいる部署だけは違った。

「この書類の処理よろしくね。もしやったことなかったら、指導担当に聞いてやってみて」

上司から手渡された紙束に目を落とし、よりによって今日か、と心の中で呟く。

指導担当の吉住《よしずみ》は今日、機嫌が悪い。朝に「おはようございます」と挨拶したときは「……はよ」と不機嫌を隠そうともしない低い声であったたし、キーボードの叩き方も荒い。デスク周囲の人間が、吉住駄目な日《触れるな危険》だと警戒している。お盆中に嫌なことでもあったのだろうか。それとも生理か。男だが。

吉住の機嫌が悪いと、部署全体に奇妙な緊張感が走る。他人のよく分からない苛立ちは伝染する。そして、己の内の感情を迷惑な形でダダ漏らす男であっても、仕事はデキる人だということが厄介である。

今日はツイてないと思うしかない。

「吉住さん、すみません。手があいたときに、この書類の処理の仕方、教えてもらえませんか」

吉住が頭だけ捻《ひね》って夏海を見、差し出された書類に目を落とした。これはくるな、と夏海は身構える。

「は？　これ前に教えただろ？　何でできねーの？　メモとってないのかよ」

吉住は必要以上の大声をあげた。デスクにいた社員がチラリと二人に注目したのが分かる。手元の仕事をしながら、聞き耳を立てていることも。

目元の表情筋がピクリ、と動いたのを気付かれなかっただろうか。腹の中でイライラの虫が踊りだす。感情に任せて言いたいことを言うか、穏便に済ます方を取るか、一瞬迷う。

「……すみません。お願いします」

夏海は後者をとった。ここで「いえ、初めてです」と言ったところで、今の吉住は受け入れない。夏海が、教えてもらったことすら忘れたことになって、さらに不機嫌になるのだ。

何故そうなると分かるのか。以前、同じ目にあったことがあるからだ。

吉住は重ねて文句を言ってから、処理の手順を説明し始めた。夏海はメモを取りながら、イライラを鎮めようと努力する。吉住はきちんと頭の中で整理してから説明する。口調や態度は悪いけれど、指導は丁寧だ。一見裏腹に見えるけれど、仕事ができると評価されている一端であり、真面目な性分なのだ。

吉住に苛立つ反面、呆《あき》れもする。

――口は悪いけど仕事はちゃんと教えてくれる。うーん、残念な人。


「森下さん、一緒にお昼とらない？」

昼休み、同じ部署の水沢《みずさわ》から声がかかった。いつも艶やかな黒髪ボブの、四十代の女性だ。吉住よりも先輩にあたり、丁寧に仕事をこなすイメージが強い。ロッカールームで喋ることはあるが、一緒にお昼ご飯を食べることはこれまで無かった。突然誘われて驚いたが、断る理由もない。

「お弁当持って来てなくて、社員食堂の予定なのですが……水沢先輩がよければ、是非お願いします」

「私も社食の予定なのよ。行きましょう」

一階にある食堂は、白い折り畳みテーブルにパイプ椅子が並ぶ、よくある学食とほぼ変わりない仕様だ。水沢はAセットの鮭《さけ》のムニエルを選び、夏海はBセットのチキン南蛮を選んだ。メニューは日替わりで二種類しかないが、サラダと汁物もついて十分である。あらかじめ席が決まっているような迷いない足取りで水沢が歩き、夏海はついて行く。トレー返却口から一番遠く、ひと気が少ないテーブルに座った。いただきます、と声をそろえて、ある程度食べた頃に水沢が口を開いた。

「吉住のことなんだけど」

そのことについてなのだろうと予想はついていた。夏海は「はい」とだけ返事をする。

「今日のあの子は、駄目ね。社会人なんだから自分の機嫌くらい何とかしなさいよね。午前中なんだか怒ってたけど、あれ、森下さん、初めて教えてもらうやつだったんでしょ？」

「……顔に出てました？」

「少しね。でもそんなの気にすることないわ。むしろよく突っかからなかったわねぇ。あそこで抑えるのは、吉住相手には正解の対応なんだけど。あの状態《駄目モード》だったら、何であれ後輩には突っかかったでしょうし。ねぇ森下さん、吉住にイライラしてない？」

夏海は沈黙した。無言の肯定である。

水沢は夏海の目を見ながら頷いた。

「そうよねー。ああいうの、今日だけじゃないことも知ってるわ。注意するとき不必要に大声出す癖もあるでしょう、あの子。私だったらイラついて喧嘩になってるかもしれない。意図的なのかどうなのか分からないのが吉住だけど……。女のイライラってポイント制じゃない？　小さな我慢が積み重なって臨界点越えたらドカンと爆発、後は野となれ山となれ、なーんて。だからガス抜きに話そうかなって」

「私、そんなに顔に出してしまってますか？　もうすぐ爆発しちゃいそう、みたいな……。すみません」

「全然。それに少し顔に出るくらいが、新人として可愛げあるから大丈夫。森下さんはうまくやっていけてる……私達の期待以上に。吉住ね、後輩指導初めてなのよ。仕事はできるけどああいう性格だから向いてないでしょう。だったらわざわざ新人滅入らせることないよねーって今まで担当させてなかったの。でも後輩指導してこそ、の部分もあるから……悩んでたところに森下さんがきたのね。この子なら上手く付き合っていけるんじゃないかって判断したの。森下さんにとっては不運かもしれないけどね。ふふふ、ごめんね」

まじか。

「……吉住さん、仕事はできる人ですよね。性格に難あるところはありますけど、悪い人じゃないですし……。指導も、分かりやすく教えてくれます」

水沢は嬉しそうに微笑んだ。

「そう、仕事は早いし正確。あの性格も悪気はないのよ。でもそれ、新人ちゃんが気付くまでは時間がかかるというか、それまでに『なにこの先輩』って反感ＭＡＸになっちゃうじゃない？　その点、森下さんは相手をちゃんと見られるというか……悪いところばかりに目がいかないというか……冷静っていうのかしら。私達の期待以上ってやつね！」

　水沢は、夏海と吉住双方のフォローをしに来たのだ。

「自信はありませんが……ありがとうございます」

「吉住、森下さんのことは結構気に入ってると思うのよ。これからもよろしくね、総務の吉住トリセツちゃん」

「えっ……ちょっと待って下さい。吉住トリセツって何ですか？　不穏な響きなんですけど」

　夏海の先輩は、口を滑らせてしまったという顔をした。聞き捨てならない。

「森下さんが、あの吉住と上手くやれてることを知って、社内では『吉住取扱説明書作成者』と密かに呼ばれてるのよ。正しい対応の仕方を模索し、発見していると……。そのへん、皆結構期待してるから！」

　全然知らなかった。対吉住テスト機ではないか。夏海は、肩の力が抜けた。

「あとねぇ、多分、今ごろ部長が少ぉしお説教してんじゃない？」

　デスクに戻ると、机の上に買った覚えのないチルドカップのカフェモカが置かれていた。誰か置き間違えたのだろうか、と思ったが、「森下へ」と付箋が貼られている。

――いや、誰からだよ。

心の中でツっこんでいると、夏海の後ろを吉住が通り過ぎた。

「……機嫌悪くてすまなかった」

夏海の方を見ずに言うところがツンデレである。こういうところが憎めない。若干可愛い。

部長を見ると、苦笑しながら小さく手を振っていた。


巡って金曜の夜。

夕食を終えた夏海は和哉の部屋にいた。

いつもと違う緊張感。お風呂で念入りに肌を磨いてきたのもそれが原因である。

折り畳みの小さなローテーブルの上はグラスが二つと酒類、おつまみでいっぱいになっている。缶ビールに梅酒パック、瓶に入った日本酒――夏海の希望だが、もっと安価なものを考えていた――、氷を入れた銀色のアイスペール、水と水出し紅茶、ジンジャーエールに紅茶や林檎のリキュール。今回の日本酒とジンジャーエール以外は、澤村家に常備されているらしい。おつまみは定番のチーズ、さきいか、和哉が作ったという枝豆と塩味ポップコーン。

『今から行くね』とメッセージを送り澤村家に入ったときは、和哉が一階と二階をせっせと往復している最中だった。夏海が勝手に玄関を開けて入ったのは、和哉の両親は不在で、そういう指示だったからだ。消防士の父は当番日、看護師の母は夜勤である。

そう、今夜は『第二回　ドキッ☆ＥＤ克服晩酌会』であった。このタイトルを見るに、和哉は本気で困っているのか疑問視される。

命名した和哉は黒地にバンドロゴが入ったライブTシャツを着て、白と黒のバスケットパンツを履いている。先程から用意にせわしなく、夏海はじりじり座って見ているだけだ。一杯目はビールとジンジャーエールを混ぜてシャンディガフにするらしい。美味しいから好きである。

夏海は薄く透け感のあるオフホワイトのシャツを着てきた。丸襟でシェルボタンが控えめに輝き、それに沿って生地にレースが縫い付けられている。下は同系色のチュールスカートを合わせた。持っている服の中でもフワフワ感が一番高い。思えば、和哉の元カノの格好を思い出して引きずられたのかもしれない。下着は、白いレース地に小さな花があしらわれている可愛いものを選んだ。和哉はおそらく清楚系が好きと踏んでのことだ。

「夏海って日本酒好きだっけ？」

「格別好きという訳ではないけど……強いお酒でもないと、無理じゃん」

ハプニングもドッキリもないシラフで、この前の事件に準じるようなことができると思えない。和哉は頷きながら、夏海にグラスを差し出した。「乾杯」

シャンディガフはお店で飲むものより甘く、強すぎない炭酸で、生姜の風味を強く感じられる美味しいものだった。ジンジャーエールが良いのだろう。どこかの地名のラベルが貼られた、高級感溢れる瓶《びん》である。夏海の接待のために取り寄せたようである。

　今回、テレビはAVでなく金曜ロードショーを流している。夏休み恒例といっていい『耳をすませば』だ。何度見ても飽きない。胸にときめきと、見ているこっちが恥ずかしくなる爆弾をホイホイ投下してくる。端的に言って名作である。

「女子はみんな誠司くんが好きだよね」

　枝豆を齧《かじ》りながら和哉が言う。「好きにならないほうがおかしい」と夏海が言うと、「そっかー」と気の抜けた返事をした。「中学校の頃に一緒に観たとき、目ぇ輝かせてたもんな」何それ知らない。

　ビール缶二本分をあけた後、和哉は日本酒に水出し紅茶、二種のリキュールを加えてマドラーで混ぜ、新しいカクテルを作った。

「……美味しい。なにこれ」

「夏海が好きそうかなって思って。お口に合って良かった」

　紅茶で、甘くて爽やかで、日本酒。一気に飲むのは勿体ない。度数も高いはずで、ちびちび味わって飲む。今夜は酔わないといけないのだ。

「和哉の考えた方法ってなに？」

「あ、もうその話題いっちゃう？　俺の希望、むしろ願望として聞いてね？」

「どうぞ」

「もっかいオナニー見せて欲し」「却下ァ！」「……」

十秒ほど沈黙が下りた。

「そう返ってくることは分かってたとも……。けどそれが、一番、ドキッときてギュンッときて確実な方法……」ぽつぽつ和哉が語る。

「記憶飛んでまともな判断ができないくらい泥酔してないと無理」

「……だと思いまして！　秘策を！　用意した！」

ババーン！と効果音付きで和哉が右手に掲げたのはトランプ、のようなカード束だった。黒とピンクと白の三色で、ハートや二人の棒人間がデザインされている。一見して、ちょっといかがわしい感じである。

「えっちなお題トランプです。ドキドキ用とイチャイチャ用に分別可能。一枚一枚、何かしら指令が書かれてるんだ。これなら、まだ、ゲーム感覚でいけそう？　かなって」

「へぇ、こんなのあるんだ。指令ってどんなの？」

ゲームを使って精神的ハードルを下げるとは考えてきたな、と夏海がひょいと抜いたカードには、『相手に乳首を舐めてもらう』と書いてあった。ビタ、と動きが止まった夏海の手元を、和哉が覗き込む。

「あー、ギリギリなの引いたなぁ」

「ギリギリアウトォォォ！」

乳首舐めがドキドキ用かイチャイチャ用かで問題は変わってくる。「あーこれスペードだからドキドキ用だわ」アウトである。

「ええーと……この作戦駄目？　かな？　夏海さん……」

和哉は上目遣いで夏海を窺《うかが》う。子どもが親にプレゼントをねだるときのような、そわそわしながらも期待に満ちている表情だ。

「ちなみに、イチャイチャ用ってどんな程度なの」

「えーと『先生と生徒でなりきってセックス』、『騎乗位セックス』、『鏡の前でフェ』」「分かったもういい」「うん、そんな感じみたい」

おそらくイチャイチャ用になると、指令の域が下半身にまで及ぶ。ドキドキ用はそれ以外。単なるドキドキでは済まされないので、ネーミングミスだ。いつ使うのだ。

夏海は手元の日本酒カクテルを呷った。

「和哉、度数濃い目でもう一杯作って。……イチャイチャ用を除外したら、やってみてもいいよ、もう」

和哉の目が輝いた。幻覚かな、ブンブン振っている尻尾が見える。

「はい喜んで！」

罰ゲーム方式で、負けた方がカードを引くことにした。対戦方法は、昔学校で流行ったアナログゲームにする。

一戦目は棒消しゲーム。紙とシャーペンを用意し、縦の棒をピラミッドのように七段ほど書く。先攻後攻を決めて、横線を引いて棒を消していく。一度に何本消してもいいが、同じ段に限るのと、重複して消してはならない。最後の一本を消してしまった方が負けだ。

「懐かしいコレ。自習のときとかよくやった」

「修学旅行の移動時間とかなー」

先攻は和哉で、サクサク棒を消していく。夏海は負ける訳にはいかない。ずっと勝ってもそれはそれで無意味なのだろうが。引いたカードによっては勝ち負け関係ない場合もあり得る。

「え、ちょっと待って」

「待たない。もう詰んでる」

何も考えてないように見えて、和哉はちゃんと計算していた。夏海が一つの棒を消そうが二つの棒を消そうが、和哉のターンで帳尻合わせさされ、最後に残るのは夏海のターン。つまり負けだ。

「えええええ即行負けたじゃん私……」

和哉がニコニコしながらカードを差し出す。全部で二十六枚もある。このうち何枚がギリギリアウトの指令だろうか。そもそもほとんどのものがギリギリアウトなのだろうか。

お酒を。もっと強いお酒を頂戴。

「『相手に服を二枚脱がしてもらう』だってさ。……どうぞ」

「ん」

肌の露出は織り込み済みである。だからこそ可愛い下着を選んでいる。

だがしかし。

にじり寄る和哉に、身を固くして待つ夏海。襟元のボタンへと伸ばされた手に、心臓が鼓動を早く打ち始める。ごくりと生唾を飲みこんでしまいそうなのをこらえた。和哉に聞こえてしまいそうだからだ。カサリ、と衣擦れの音がやけに大きく聞こえる。ボタンを外す指先は少し震えている。和哉も、緊張している。

ＴＶからは青春真っただ中な音声が流れている。無音になるのが怖いので、消そうとは思わない。

和哉が、夏海のシャツの袖を抜く。その下はビジューの付いた白いキャミソールだ。

「このスカートの下は……」

「下着」

キャミを脱がすか、スカートを脱がすか。夏海はどちらでも構わなかった。大差ないからである。和哉は少し悩んでから、スカートの裾を引っ張った。頷いた夏海は立ち上がる。ウエストゴムに指を入れた和哉が、ゆっくりとスカートを脱がす。

「……」

「……」

お互い何も言わず、元いた位置に戻って座る。同じタイミングでお酒を飲んだ。今夜はペースが早いかもしれない。

「次は何しよっか。夏海、寒くない？　パーカーとかブランケット羽織りなよ」

「それって脱いだ意味あるの」

「罰ゲームするときに取っ払ってくれればいいよ」

和哉は背もたれにしているベッドから、茶色のブランケットを夏海にかけた。

「これはこれで想像力がかきたてられて、ヨシ」

見ようによっては、事後であった。

次は五目並べにした。紙にマス目を書いて、○と×を交互に書き、五つ連珠できた方が勝ちである。これは夏海が勝った。

「『相手にお腹を舐めてもらう』……夏海が俺の腹を舐めるの？　俺的にはご褒美だけど」

「私はされるよりもするほうが楽」

夏海はお酒を追加で飲む。頭がフワフワとしてきて気持ちがいい。今ならもう一歩先、なんだってやれそうな気さえしてくる。危険である。

和哉にはベッドに寝そべってもらうことにした。開いた脚の間に座り、和哉のお腹の横に片手を付く。夏海が襲っているような格好だ。

「やばい、ドキドキするんですけど夏海さん」

「私に身を委ねなさい」

夏海、ノリノリである。和哉のTシャツをそっとまくりあげ、肌にぺたりと掌をそえる。和哉の両手は胸の上で組まれ、視線は天井を見つめているのを確認し、四つん這いのまま顔を近づけていく。うっすらと割れている腹筋を、舌で豪快にべろりと舐めた。夏海の下にある大きな体がぴくりと動いたのが面白く、舌先でくすぐるように腹をなぞる。

「こっ、こそばゆい！」

「おもしろーい」

ぺたぺたと腹筋を触り、つつつつつ……と指を滑らせる。Tシャツの下をもぐり、胸のあたりまでのぼったとき、和哉の手が夏海の手首を摑んで制止した。

「もう次じゃんけんで決めていい？」

「いいよぉ」

じゃんけんは夏海が負けた。引いたカードは『胸を揉まれる』。夏海はへらりと笑う。

「ふふふふふギリギリアウト～」

和哉は、確認するように夏海を見つめた。

「してもいい？」

「この際好きにしたらいいと思うよ～」

この時点で、だいぶお酒が回っていることに気付くべきであった。

○

和哉の両手が細い肩を摑み、キャミソールの紐《ひも》に指をかける。ぼんやり待っている夏海を一瞥《いちべつ》し、紐を肩から外して下へと引き下げる。紐が伸びちゃう、と自ら腕を抜く夏海に、完全に酔っているなと和哉は確信した。

「ちょっと、罪悪感が、あるな……。酔ってるだろ夏海」

そうかな、と夏海は小首を傾げる。

「これが酔いってやつなのかな？　普段あんまり酔わないタイプなんだよね。今日はフワフワして気持ちいいや……。お酒って美味しいね、こんなに気持ちよくなるんだね～」

和哉は試しに、夏海の背中まで腕を伸ばして、ブラのホックに手をかけた。夏海はじっとしている。特に抵抗がないことに魔が差して、ぷつんとホックを外した。

「ほぉ、スムーズに外したねぇ」

「絶対酔ってるだろ……」

罪悪感を覚えながらも、目の前の乳房に抗えるはずもない。白く清楚なブラがネックレスのように乗っかっていて、少しでも動けば落ちそうだ。この前の夏海の部屋から始まった一連の事件では、かたくなに乳房の全貌を見せようとしてくれなかったのに、今なら、ほんの一手で見られる。夏海は『好きにしたらいいと思う』と言った。幼馴染を信用し過ぎているのか、馬鹿なのか、お酒って本当に怖い。ここまで酔わせようとして、日本酒カクテルを作ったつもりは、断じてない。そもそも日本酒は夏海のリクエストで、和哉自身も『酔わないとやってられない』という意見には賛同している。それでも、こんなにすぐ酔うとは思っていなかったし、夏海がフワフワと酔っているのを見るのも初めてだった。

──外で飲んでるとき、こんなことになってたりしないだろうな……。

ものすごく心配である。加えて記憶は残るタイプなのか、要確認である。二日酔い防止の飲み物と食べ物も用意しないと。

「触るよ」

「はぁい」

──酔ってるときは、いつもの喋り方の三割増し可愛い。あざと可愛い感じだけど、夏海が普段する訳ないので貴重だ。なんだよこれ！　通常運転だっていいけどな！

ぷかりと浮いたブラの下から両手を入れ、乳房を直に触る。前にも思ったが、ものすごく柔らかい。手に吸い付いてくるみたいで、しっとりすべすべで、こんなに気持ちいいものがあるのかって具合になって、詰まるところ最高である。大きさについては分からない。多分特別大きい訳ではないだろうが、とにかく最高である。ずっと触っていたい。

しかも今回は、真正面から触っているので夏海の表情が見える。勿論近い。夏海はやや睫毛《まつげ》を伏せ、唇はほんの少し開いている。お酒のせいか行為のせいか、頬は火照り、艶めいている。「ふぅ」と吐いた熱い息が鎖骨のへんにかかる。本人は知ってか知らずか、色っぽいのだ。普段よりも艶気増し増しなのだ。こんな状況で、自分が止まらなくなりそうだからやめてほしい。でもやめたくない。ふにふにと揉むのが止まらない。夏海が止めない限りやめられない。この先に進まない限り……。

体がどくどくと熱い。

ブラが、ずれる。

「勃ってきた?」

へら、と笑った夏海が、足指でちょんと和哉のムスコのへんをつついた。

「勃って、きてる……」

「ふふん」

夏海は両手をやや後ろについて上半身を支え、足の裏で和哉のムスコをぐにりと踏んだ。踏んでいるのだが、和哉にとって愛撫《あいぶ》に近い。近いと言うか同義。

夏海が上半身を後ろに引いたので、和哉の手から乳房が離れていく。中途半端にズレたブラを、面倒くさがるように夏海は剝ぎ取った。LEDのシーリングライトの下で、小さなショーツ一枚の夏海の体が曝け出される。自分のムスコを足裏でぐにぐにと踏まれながら、和哉は凝視した。だって仕方ない。注視するしかないんだもの。

和哉はそのままムスコ周囲を足指でなぞられ、にょきにょきと勃ってきたところを第一趾《し》と第二趾の間で挟まれ、上下に擦られる。恐ろしく器用である。

「な、夏海、ちょっと」

「前にさ、手で触ってもらうなんてそんなことさせられない的なこと言ってたから、じゃあ足だったらいっかなって。ふふふん固い固い~」

「そういう意味じゃなくて、ちょっと待って夏海」

足指で勃起形態のムスコを挟んだまま、小首を傾げて夏海が問うた。「なに、痛い?」

「痛くは、ない……」

「じゃあ、嫌？」

「……嫌では、ない」

「ならいいじゃん」

夏海は器用に擦る動作を再開する。重ねて言うが、夏海は半裸である。今にも吸い付いて色々しちゃいたい乳房や、白いお腹、まばゆい太腿《ふともも》に、きわどいお尻のラインが丸見えなのである。酔っていることは間違いないし、真面目な夏海はEDを治すということで頭がいっぱいになっているのだろう。何て言うかもう、ごちそうさまですありがとうございます本当ごめんなさいでもありがとう！　という気持ちがぐるぐる巡る。

お酒に酔ったあとの記憶はあったほうがいい。その確認は絶対にしよう、と再度思う。

ただ、今回に関しては、忘れていて欲しい。

夏海が一生懸命擦ってくれている。ぶっちゃけかなり気持ちいい。

「結構、キテる」

「うんうん」

「……」

「最後までできそう？」

最後まで。和哉は迷った。できるかどうかと問われれば、できそうだ。ただ、この夢のような至高の時間が終わってしまう。

――いやいや、終わらせないといけないんだって。何考えてんだ。

欲望を振り払って、和哉は頷いた。夏海は足指を離して、体育座りをした。にっこり笑っている。

「見ててあげる」

薄々思っていたが夏海はSだ。

バスケットパンツとトランクスを一緒に脱ぎ捨てると、ニョキッと和哉の雄が頭を持ち上げている。夏海に観察されるのは、正直言って恥ずかしい。恥ずかしいのに、どこか興奮している自分がいる。夏海には悟られなくない秘密の一つである。

ぐっ、と自分のモノを握ると、夏海がハッとした表情になった。何か問題でもあったのか、と思えば急に立ち上がり、部屋にあるティッシュ箱を手に取った。

歩くことで揺れる乳、しなやかで弾力がありそうな尻。釘付けである。据え膳というのはこういうことではなかろうか。

夏海はきれいだと思う。本人に言っても真面目に取り合ってはくれないが。

ベッドの上に戻り、また体育座りになった。残念が過ぎるが、さっきティッシュ箱を置いてくれた際の、四つん這いの姿勢になった一瞬は目に焼き付けた。破壊力は抜群である。

夏海とのあらぬことを妄想しながら手を動かす。夏海には決して言えないような卑猥すぎる内容を、二人でしている妄想。目の前にほぼ裸の夏海がいるのだから、感覚はどんどんリアルになっていく。

くる、と分かったときには、左手がティッシュを摑んでいた。

「ED治ったかな？」

夏海が首を少し傾げて言う。可愛らしい。

「分からないけど、かなり前進してる」

この前までは、自慰行為すら満足にできなかったのだ。口に出しては言えないが、たぶん、夏海相手なら……。

夏海は、ティッシュに包まれて握られているソレをガン見していた。特に考えることなく目を向けているだけかもしれないが、和哉はコレの後処理を見られたくない。けれどそんな偉そうなことが言える立場でもなく、光の速さでふき取って下着とバスケットパンツを履き直した。使用済みティッシュは生ごみと一緒に捨てて袋の口を縛ろう。

「シャワー行ってくるけど……夏海はまだ帰らないで」

「いいけど。何で？」

「……セックスの後、さっさと帰り支度したり、寝たり、そっけない男みたいな感じじゃん。なんか嫌だ。――あ、冷えちゃうから服着ててね。Tシャツのが良かったら、適当に引っ張り出して使ってよ」

「別にセックスしてないけど？　んー、まぁ行ってらっしゃい～」

夏海は体育座りのまま、真横にバフッと倒れて笑った。

完全に酔っている。

シャワーをさっと浴びて戻ると、夏海は和哉のTシャツを着て眠っているようだった。夏海が着ると大きくてブカブカ、際ど過ぎるワンピースになるTシャツ。ベッドの上で幸せそうに眠り、滑らかな太腿が惜しげもなく露出されている。そう、下にズボンやスカートは履いていない。角度によっては下着が見えてしまっている。落ちている衣類を見るに、ブラも着けていないらしい。

「一体、何の、試練なんすか夏海さん……」

眠気が襲い、横になろうとしたときに、着ていたシャツよりもTシャツの方が楽で良かったのだろう。ブラを着けていないのも、普段から寝る時はしないのだろう。

和哉は寝返りを打ってさらにあられもない状態になった幼馴染にブランケットをかけた。その際、ちょっぴりガン見してしまったのはしょうがない。

「他でもやってないだろーな、こんなこと……」

こんなに酔った夏海を見るのは初めてである。飲める方だと思っていたし、同窓会ではいつも介抱する側にいた。澤村家が——和哉の部屋では、気を張っていないからなのかもしれない。それが嬉しくもあり、ちょっとは緊張しろよとも思う。特に、こんな日は。

TVの金曜ロードショーはもう終盤だった。あの伝説の告白シーンに差し掛かっている。これを夏海と一緒に初めて見たときの、あの気恥ずかしさはよく覚えている。エンドロールが流れてもお互いなんとなく顔を見ることができなくて、じっとして画面だけを見ていた。

あの、ちょっとした緊張感。

和哉も夏海も大人になって、繕うことがうまくなった。夏海の感じていることは、なんとなく分かっていたのに、いつからかボタンを掛け違えたような、小さなズレが起きた。

子どもの頃から変わらない、あどけない寝顔を見ながらため息をつく。

音を立てないようにして、お酒の類を片付け始めた。

○

目に映る光景は夜の帳に落ちている。

急に目が覚めた夏海は、おもむろに体を起こした。着慣れない服の感触、平常とは違う匂い、少し固めのスプリング。何より口がお酒臭い。

そうだ、和哉の部屋でお酒を飲みつつホニャラララをして、いつの間にか寝てしまったのだ――と思い出す。

「……えっ、和哉は？　いま何時？」

部屋には誰もいない。カチ、カチ……と時計の針の音が妙に響く。暗闇に慣れてきた目が、ローテーブルに置かれた白い紙を見つけた。枕元にスマホを置いていてくれていたようで、懐中電灯アプリを起動する。

『おはよう？　かな？

テーブルに用意してるのは水とトマトジュースです。飲んでね。

夏海のおばちゃんには連絡しといたので、気にせず朝まで寝てて大丈夫。

歯を磨きたかったら、洗面所の引き出しに新しいのあると思うから使ってね。

ちなみに俺は一階で寝てます』

まめまめしく甲斐甲斐《かいがい》しい男である。

時刻は深夜一時半。澤村家に行くとは言ってあるが、一応母に連絡済みとは助かる。ただ、一体何と説明したのだろう。

お言葉に甘えてとりあえず歯磨きすることにした。少しずつ、和哉にしたチョメチョメを思い出す。お酒を飲まないとできそうにないと思い、どんどん飲んだ結果、完全に飲み過ぎた。量としては問題ない筈《はず》だがペースと気のゆるみが悪かった。美味しかったし。

人生最大にフワフワして気持ち良い飲酒だった。それは認める。

どうやら記憶はなくならないタイプみたいだ。鏡面の自分の顔が赤いのは、お酒のせいか、思い出しているモノのせいか。ノリノリで襲っていたし、そのときの自分はかなり楽しんでいた。

穴があったら入りたい。

しかも少し頭が痛いし、胃のむかつきもある。そういえば、二日酔いに効果があると噂のトマトジュースを用意してくれているのだった。歯磨きを切り上げて口をすすぎ、トマトジュースを飲みに部屋に戻る。

ピッと付けた部屋の照明のもと明らかにされる、脱ぎ捨てられた衣類。夏海は頭を抱えた。急いで畳み、ベッド下にちょこんと置く。

トマトジュースを一気飲みし、水もついでに飲み、また歯磨きしに行って、ベッドに入った。

一階の和哉はすでに寝ていることだろう。ソファででも寝ているのだろうか。だとしたら申し訳ない。

酔った勢いでの攻勢、シャワーから帰ってきて、寝ている幼馴染の姿を見て和哉はどう思っただろう。明日、どんな顔をすればいいのか。何事もなかったようにすればいいのか。テーブルの上は片付けられ、置手紙だのトマトジュースだの、どういう気持ちで置いていってくれたのだろう。

——何も考えてないかもなぁ。和哉の場合は。

悶々と悩んでいたが、お酒の力が残っているのか案外夏海はすぐに寝た。

アラーム代わりの『カノン』が流れる。土日祝日設定の時刻は八時。

丸くるまっていたブランケットから、もぞりと腕を出して止める。まだ寝ていたいが、自分の部屋でもないのでそういう訳にはいかない。

幸いなことに頭痛は治っているが、胃もたれはある。軽く歯を磨き、借りたTシャツが入っていた引き出しを探って適当なハーフパンツを借りる。昨日着ていたスカートは、色々と思い起こされるのでご遠慮したい。

ハーフパンツはゴム部分を折れば問題なく着用できた。和哉が自分とさして変わらないウエストだということに微妙な気持ちになる。

階下に降りると、味噌《みそ》汁の良い匂いが漂っていた。トントントン、と軽やかな包丁の音も聞こえる。

和哉はもう起きている。

「……おはようございまーす」

「おはよう。まだ寝ててよかったのに早いね？　気分は大丈夫？」

黒いエプロンを付けた和哉がキッチンで調理をしていた。何時に起きたのか、寝ぐせもなく顔もスッキリしている。夏海はと言うと洗顔もしておらず、胃もたれと昨日の羞恥でヨレヨレである。とりあえず髪を手櫛《てぐし》で撫でつけた。

テーブルの上には二人分の朝食が用意してあった。スクエア型の皿に、だし巻き卵とミニトマト、黒い漆器によそわれた味噌汁は美味しそうな湯気が立っている。無かったはずの食欲が少し湧いてきた。

「ちょっと胃が気持ち悪いくらい」

「そのくらいですんで良かったのかな。食べれそう？」

うん、と頷いて席に座る。まだ作業中の和哉をぼんやり見ていると、目が合った。先に食べていいよ、と言われたが、そんな気は起こらない。ふるふると首を振った。

和哉は料理が好きだと思う。多分、バスケの次に、映画と同じくらい。小学生のときにはもう和哉の手料理を御馳走《ごちそう》になっていた。初めて食べさせてもらったのはナポリタン。夏休み、澤村家でだらだら過ごしていたとき、弟も一緒に三人で食べたのを覚えている。ちなみに夏海が作ることは殆どなかった。

皿にスライスしたきゅうりが追加され、辛味噌が添えられる。和哉が夏海の正面に座り、お待たせ、と言いながら手を合わせた。

「いただきます」

「いただきます。召し上がれ」

味噌汁は出汁がきいていて、ほんわりとして、美味しい。二日酔い対策のしじみも入っていた。昨日のお酒の用意とともに準備していたのかもしれない。そうであれば本来は朝食でなく、夜食に考えていたのだろう。本当に気が回る。

だし巻き卵はふわりとして味付けは薄め。甘みがちょうど良く、いつも絶品だと思っている。配分を教えてもらっても自分では作れなかった。

「昨日、お母さんに連絡してくれてありがとう。和哉んとこ行くって言っといたから、最悪大丈夫だろうと思って忘れてた」

「ああ、うん。そうとは思ってたけど一応ね。娘が迷惑かけてごめんね～って言ってたよ」

「そっかー」

母は和哉への信頼が半端ない。

しばらく無言で咀嚼《そしゃく》してから、和哉は何やら難しい顔をしてモゴモゴと唸《うな》りながら箸を止めた。どんよりした曇り空のような声音で、恐る恐るといった様子で切り出す。

「……夏海、酔うといつもあんなんなの？」

「……。あんなん、とは、どのへんのこと？」

――流石《さすが》にドン引いてた！

その和哉の態度に、夏海は焦った。できるだけ平静を装っているが、内心は窓から裸足で逃走したいくらいである。

「それはもう全体的に。こう……相手の要求に寛容になる？と言うか？　脱ぐとか襲うとか眠りこむとか？」

「しません！」

「寝落ちもしない？」

「したことない、よぉぉぉもぉぉぉごめんなさいぃぃぃ」

夏海は手で顔を覆う。和哉はバツが悪い顔をしたが、夏海からは見えない。「いややや、むしろ謝るのは俺の方かと……」と言っているのも、聞こえていない。

「お酒飲んであんなに気持ちよくフワフワしたのは初めてだし、ってかいつもなら酔わないのに！　それでいて二日酔いにはなるんだけどさぁ！　なんでかな～気がゆるんでるのかな～もうやだぁぁぁぁ」

「ああいう風に酔っぱらったの初めて？」

「でないと自宅以外で飲まないよねぇ怖いから！」

その返答に、和哉はほっと息を吐いた。微笑ましいものを見るように、それでいてどこか仄暗く、ふわりと笑う。

「日本酒使ってたから、度数高かったし。ペースも早かったんじゃない？　初ってことで、俺は安心したよ」

「……引いてないの？」

「なんで？　引かないけど。夏海はソレよく気にするね。俺的には、これが世にいうラッキースケベなのかなありがとう、って感じ」

和哉はきょとんとしている。そんな顔を見ると、夏海の羞恥心も薄れる。

「そうだった。和哉って、底が知れないんだった」

「何の話だよ」

和哉はそう言って特につっこむことなく微笑む。

真夏の朝、ぎらぎら照りだす一瞬前の陽の光が、レースのカーテン越しにさらさらと降り注ぎ、室内に反射する。美味しく、食べる相手を想っての朝ご飯。和哉と二人、家という箱の中できれいに完結している心地がした。
和哉のこういうところが疲れないし、安らぐのだと思った二日酔いの朝だった。

3　兵は神速を尊ぶ。処女の如く後は脱兎《だっと》の如し

あと一日で休みが来る木曜日。

夏海は仕事帰りデパートに寄り、目星を付けていたブレスレットを買った。丸いオパールが一粒輝く、華奢なつくりの10金。ジュエリーショップの小さな紙袋を大事に抱えて家に帰り、部屋でうっとり眺めていると和哉からメッセージが入った。

『暇？』

珍しく簡潔で有無を言わさない内容だ。

『暇。家にいるよ』

『部屋あがってもいい？』

別にいいけど、と送りながら、もしかしてという思いがわいた。和哉は毎年、この日はケーキやお菓子をくれる。

社会人になっても続くのか、毎年覚えてくれているのだなと懐かしく思っていると、玄関で出迎えた和哉の持つ紙袋に目を剝いた。

「ハッピーバースデー！　夏海！」

「あ、ありがとう……え、これ⁉」

和哉が満面の笑みとともに差し出しているドデカい紙袋は、夏海の好きなハイブランドのルームウェアショップのものである。紙袋の大きさから、小物ではなく服だろう。おそらく数枚入っている。

「え、え、……え！？」

嬉しい。それ以上に、驚く。ボーナスで奮発してようやく買った部屋着でもあるように、決してお安くはないのだ。これまで貰《もら》ってきた誕生日プレゼントとは値段のケタが違う。こういうのは彼女にプレゼントするもので、ただの幼馴染にするのには高価過ぎるし、親密的過ぎる……そう、何だかエロいと夏海は思っている！

喜びつつ、目と体をきょろきょろワタワタさせている夏海を見て、和哉の手がしゅんと引っ込み、不安そうに窺う。

「……えっと、あまり、嬉しくない？」

「違う違う違う！　嬉しい！　驚いた、驚いただけ！　でも、なんでこんな――」

「あらー！　和哉君こんばんは。いつも夏海がありがとうねぇ。そうそう、ケーキ余ってるんだけど食べていかない？」

上機嫌で入ってきたのは夏海の母だ。家族の誕生日にはホールケーキを買うのが森下家の習慣で、だいたい一日では食べきれず、翌朝のおやつになる。

「いいんですか？　頂きます」

和哉はニコニコして靴を脱いで上がり、母はうきうきと軽い足取りでキッチンの方へ向かった。「どっち行けばいい？」

「リビングで食べた方がお母さん喜ぶ。和哉のこと、好きだからね」

何となしに言った言葉に、和哉がピタリと止まり、顔を覗き込んできた。急に至近距離まで近づけられると、どきりとする。

「夏海は？　好き？」

俺のことが。

和哉はそう言ったのか言っていないのか。顔が急に沸騰するみたいに赤くなってしまうと上手く耳が聞こえない。

こんなことを不意打ちで言ってくる和哉も初めてだが、ここまで如実に赤面してしまうのも初めてである。下を向いて顔を隠し、「行った行った」と和哉の背中をリビングへ押した。

突然のゼロ距離で真顔、ほんと止めて欲しい。

自室に上がって紙袋の中を見る。春秋用であろうパーカーとズボン、ヘアバンドが淡い色合いのボーダー柄で入っている。ふわふわで極上の心地のものだ。それと、ロングのキャミソールドレスもあった。薄いパステルピンク地にコーンカップの二段アイスクリーム柄が小さく多数プリントされている。

「わああ……」

可愛い。とても可愛い。嬉しいけれど何だか恥ずかしい。和哉がこれらを選んで買っている場面を想像して、悶《もだ》える。

――ってか、奮発し過ぎじゃないこれ……。ＥＤ克服協力の件があるからかな？　別に貢いで欲しい訳じゃない。自分に申し訳ないからという理由であったら少し寂しいと思う夏海だった。

四人掛けのダイニングテーブルに座り、和哉は苺《いちご》のケーキを食べている。対面に座る夏海の母はニコニコと眦《まなじり》を下げて上機嫌だ。内容は分からないが、二人は和やかに話していた。

「和哉君いいわぁ、ほんと美男子だわぁ。うちの子にならない？　ふふふ」

「ありがとうございます。柊君だってかっこいいじゃないですか」

柊というのは大学生の夏海の弟だ。まだ家に帰ってきていない。

「柊ねぇ、最近あんまり家にいないのよねぇ。サークルだの、下宿してる友達の家に泊ってるだの。あまりに多いから、彼女でもできて入り浸ってるんじゃないかって疑ってるのよ」

それは夏海も懸念している。

「柊君モテそうですからね。でも、おばさんに嘘はつかないんじゃないですか？　もしそうなら堂々と言いそうな感じです」

確かにその通り。

「言われてみれば、それもそうねぇ。そういうタイプよね」

もしも入り浸っているようなら、柊に料理を強制的に仕込んで、弁当および差し入れを作らせ持って行かせようと母は画策していたのだ。

「お母さんの、柊に料理教えようと考えてるのはいいんじゃない？　大学出たら一人暮らしするかもしれないし」

そう会話に入った夏海に、母は「そうねぇ」と考える仕草をした。

「お母さんとしては、和哉君に負けないくらい夏海が料理上手になってほしいとも思ってるのよ」

夏海は料理ができないことはない。だがそのレベルを期待するのは無茶な願望である。

「いやいやおばさん。料理は俺が作るから、いいんですよ」

和哉はそう言って最後の一口をぱくりと食べ、ごちそうさまでしたと手を合わせて席を立った。

「あ、夏海の料理がおいしくないとか食べたくないとか、そういう意味で言ったんじゃないからね。いつだって食べたいからな？」

「はいはい分かってますー。せっかくだし部屋上がっていきなよ」

夏海は水屋からマグカップを二つ取り、紙パックのオレンジジュースを拝借する。

二人のやり取りに、母は「あらまぁ……」と目をぱちぱち瞬かせていた。

「誕生日プレゼントありがとう。本当に、すっごく、嬉しいサプライズ。でもね！　こんなに気を使わなくていいから」

　紙袋を挟んで向かい合う夏海と和哉。喜びよりも戸惑いを隠せない夏海に、和哉が表情を曇らせる。胡坐をかいてやや猫背になり、首を斜めに傾げながら小さく言った。

「……キモかった？」

「んん？」

「夏海、この前着てた部屋着この店だろ？　可愛かったし喜ぶだろうと思ったんだよ、俺は。店員さんも相談にのってくれて助かったんだけど、会計するときに『彼女さんきっと喜びますよ』って言われたんだよね。むしろそれ以外ありえない的な。よくよく考えると、彼女じゃない人に、ここの部屋着って駄目なんじゃないかって、思って……」

「……それは、貰《もら》う人贈る人それぞれだと思うけど」

「キモくない？」

「プレゼントそのものはすっごい嬉しいよ！　ただ私の中では、このキャミソールドレスはちょっと性的」

　せいてき、と和哉が呟く。

「びっくりしたのはさ、いつもはケーキやお菓子詰め合わせとかじゃない？　なのに突然こんな高額になったもんだから、いや嬉しいけど！　例のあの件のせいで、気を使って貢いでくれてるのかなぁと、思ったのよ」

「あー……違う違う。それもあるかもしれないけど、夏海にあげたいだけ」

理由が分かって落ち着いたのか、和哉はリラックスした様子になり、両腕を左右に伸ばしてストレッチをする。

「夏海、一人のときはこういうの着てるんだなーって思って、可愛かったじゃん。俺としては、俺がいるときもたまには着て欲しいなぁと。実家暮らし社会人になって小金も持ってるし」

「そしてこの何か性的なキャミ……」

「まだ性的じゃない！　もっと性的なのあった！」

「それランジェリー部門でしょ……ちゃんとチェックしてるんかーい」

こういうキャミソールドレスを着るときは、ブラは着けているものなのだろうか。着けるとブラ紐が見えてしまうし、だからパーカーを羽織る前提なのか？　そうか、そもそも自分か彼氏以外見る人はいないのだから、どっちだっていいのか。あとでググろう。

性的じゃない可愛いから俺といるときも着てね、と重ねて言う和哉に、気が向いたらねー、と返していると、階下からタンタンドンと無遠慮な足音が聞こえてきた。その主は夏海の部屋のあたりで止まり、コンコンとノックしてすぐガチャリと開けてきた。まだノックするだけマシと思おう。

「あ、やっぱり和君いた。なにその紙袋。なに、二人付き合ってたの？」

バイトから帰ってきた弟の柊だ。大学生は絶賛夏休み中なので、毎日稼ぐか遊びに出かけているアウトドアな男である。

「義兄《にい》さんって呼んでくれていいよ」

「付き合ってないから」

にっこり笑う和哉と、面倒そうにつっこむ夏海。

「……ふーん」

柊は両眉毛を上げて幼馴染二人を見下ろし、意味深に言う。

「ま、俺はどっちでもいいけど。ねーちゃん、誕生日おめでと。これあげる」

ぽん、と放り投げられた小さな包みを受け取る。プレゼント包装はしていない。中身は、三つの寒色ビジューが付いたバレッタと、会社でも使えそうな紺地のリボン型バナナクリップ、葉っぱをモチーフにした金色のヘアピン。「おお……ありがとう」予想外に可愛らしいものだった。

「柊君オシャレだなー」

「そりゃ店員さんセレクトだから。ねーちゃんの写真見せて選んでもらった」

「「なるほど」」

弟が少し大人になったなぁと思えた。

着てみるとテンションが上がったキャミソールドレスで過ごした土曜。

陽は傾き夕闇に落ちる間際、最寄り駅から快速電車で十分の駅構内で、夏海は薪を待っていた。昨日連絡がきて、飲みに行かないかと誘われたのだ。

一応元カレである薪真一とは良い友人関係が続いている、と思っている。自分とは違う人種である彼は面白いし付き合いやすい。一度だけ体を重ねたこともあったが、その後の薪の恋愛遍歴を間近でみていくうちに、どうでもよくなって風化した。歴代彼女の何人かには、彼氏としての薪について相談を受けたこともある。彼女達の話に共感しながらも、自由奔放さはどうしようもない、性質だから変わらないと思うとしか言えなかった。友人としては付き合いやすいが、そういう男である。

他人は簡単には変わらない。自分を変えた方がいい。

それが夏海の持論である。変えるというのは自分を相手に合わせることでなく、許容するか、受け流すか。——たまに、何もせず諦めているだけではないかと思うこともある。

これが夏海のスタンスである。

八月も終盤だがまだ暑い。少しだけ袖があるキャップ・スリーブの水色のトップスに、下は白いショートパンツ、黒の八分丈レギンスにサンダルという装いにした。ショートパンツの下は黒いタイツ等を履かないと落ち着かない。

改札の向こう側からガタイの良い男が爽やかに手を振っている。見た目はカッコイイ人なので無駄に注目を浴びている。手を振り返すのは若干恥ずかしい。

「ごめん、待たせた。んじゃ行こっか」

「他の人はもうお店にいるの？」

「え？　今日は夏海と二人やけど。言ってなかったっけ——ってか、俺他にも人呼ぶって言ってないやん」

それもそうだった。でも、一つ問題がある。

「薪君、彼女いるのに大丈夫なの」

「いつの話やの。とっくに別れたし……なっちゃんには言うたと思うねんけどなぁ」

薪がジットリした目で見てくる。しかし残念ながら、夏海の記憶には無かった。忘れてしまったのかもしれない。こういうところが適当である。

薪の服装は白と水色が基調の、いかにも夏然としたシャツにジーンズを合わせている。二人ともトップスが水色と、お揃いで着ているようで、夏海は微妙な気持ちになった。

薪が予約してくれていた居酒屋は中規模の焼き鳥店だった。大学サークルのときは全品同じ値段で食べられる焼き鳥チェーン店のヘビーユーザーだったが、ここは社会人層が多いようで、女性客が四割といったところだ。全体が暗めの木調という、シックなインテリアをしており、お酒の種類も豊富だ。薪はビールを頼み、夏海は梅酒のソーダ割を頼む。サラダやつくね、焼き鳥と釜飯等を注文し終えるころにはお酒が運ばれてきた。

お酒と言えば、人生初の大失態を演じたのはつい先週のことである。思い出して無意味に火照りそうなところを、ぎゅっと目をつぶって抑えた。今日は日本酒、ワインは遠慮する。

乾杯してから、薪のお酒のペースは早かった。互いの仕事から始まり、この前のOB飲み会では喋れなかったことを話し、いつしか内容は大学のときのことになった。

「なっちゃんは、今はどう思とるか分からんけど、あのとき俺が告ったんは『この子や！』って思ったからやで。後にも先にも、あんな風に思ったんはなっちゃんだけやわ」

「ふぅーん」

ほんのり赤い顔をした薪の台詞を頷いて流し、軟骨のから揚げをボリボリ食べる。脂身が少なく、絶妙な固さで夏海好みである。

「ちょお、この前のときといい、ちゃんと聞いてくれとる？」

薪はその場の勢いや雰囲気で口が軽くなる。嘘を言っている訳ではなく、そのときは本当にそう思っている。それはちゃんと知っている。タチが悪い。

「聞いてますよ」

この前のとき、というのがどのことなのかサッパリだが。

「なっちゃんと別れてから、何人かと付き合ってきたんは知っとるやろうし、隠さへん。比べるみたいになるけど敢えて言うで。後にも先にもっていうのは、やっぱ俺にはなっちゃんや、って思ってんの」

夏海の咀嚼の動きが止まる。

「やから、あの頃みたいに、もっかい真一って呼んでくれへん？」

口に残った軟骨を飲み込み、二杯目のあんず酒お湯割りを一口飲んだ。焼き鳥店に来たときは、夏海は必ずあんず酒を飲む。口の中にとろりと杏《あんず》の甘みが広がった。

そう、甘い。

「お酒入った状態で言われてもな」

「……本気や」

「今、本気だってことは分かってる。でも明日は違うようになってるかもしれないことも、知ってる」

薪は目に見えてギクリとした。男女関係においては、そういった前科がいくつもあるのだ。彼に悪気はないのも知っているが、巻き込まれるのは御免こうむりたい。

「その本気に飛び乗らないのが、私の答え」

「……今の、やろ」

「うん」

薪は口から大きく息を吐き、肩を弛緩させて背もたれに体を預けた。

薪が少し食い下がったのは驚いた。あんず酒に口をつけながら、夏海は薪を窺う。

「んじゃあ、今日のこの話は一旦おしまい。またするから覚悟しといて。そんときはもう酔うてないから」

薪はニカッと笑い、残りのビールを一気飲みした。ヨリは戻したくないと断られた直後とは思えぬ爽やかな笑みである。

相変わらず精神面タフネス——。そういうところは、薪の魅力の一つなのである。
そして嘘はつかない。だから、好きだから付き合って、という言葉は口にしていないのだ。

薪が席を立ったのでスマホを確認するとSNSの通知が数件きていた。公式アカウントからのものに紛れてあったのは、四十分前の和哉からのメッセージだ。

『映画の「ウォーム・ボディーズ」借りたんだけど一緒に見ない？　夏海が観てみたいって言ってたゾンビラブコメのやつ』

予告を見て興味がわいたやつだ。ゾンビものが好きな訳ではないが、ラブコメとなると別である。ゾンビの青年が人間の女の子を好きになるという話。

『ごめん、今友達と飲んでる』

薪が帰って来る前に、既読がつく。

『あ、邪魔してごめん。良ければ今日もお迎え行けるよ』

『いいの？　何時くらいになるかなー。二人で飲んでるから長くはならないと思う。もう一時間以内には終わるんじゃないかな』

『高橋さんだったら、一緒に送れるよ』

『佐奈ちゃんじゃないよ。男だから送らなくて平気』

『誰』

〝誰〟という一文字に、かつてないほどの圧を感じるのだが、気のせいだろうか。

『大学時代の友達です』

『そっか。行けそうだったら店まで運転練習がてら行くから、場所教えて』

お願いではなく指令のように感じる。薪が帰ってきたが、ちょっとごめんと断りをいれ、グーグルマップのリンクを貼りつけた。車で来るとなると三十分程かかる。

『おっけ。途中のスタバ寄るから、そこから店までは多分十分くらい。連絡よろ』

来るのか。


そこからもう少し飲んで、お開きとした。会計は割り勘にしようとしたが、薪が強引に奢《おご》ってくれるかたちになった。

「ありがとう、ご馳走様」

「いえいえどーも。そもそも俺の方が飲み食いした量多いからなぁ」

割り勘を提示された、世の中の女子学生が内心よくよく思うことである。

「なっちゃんどうやって帰るん？　送っていこーか」

「いや、お迎えが来てくれる予定で……あ、いた」

店近くの路上に、見慣れたボックスカーが止まっている。夏海が手を振ると、それに気づいた和哉がわざわざ車から降りた。今晩はライブTシャツではなく、襟ぐりが大きいインディゴTシャツに、黒のスキニー、ツーストラップの皮のサンダルという、夏海が密かに呼んでいる〝まるでモデルスタイル〟。夏海達の方に歩いてくる様を見て、何年見続けてきても格好いい男だなと思った。美人は三日で飽きるというのは大きな誤りである。いつ何時でもカッコイイものはカッコイイ。

近づいてきた和哉は「こんばんは」と薪に会釈した。

「お迎え、ありがと」

「ん。運転の練習がてらだから」

「……なっちゃん、彼氏いないって言っとったやんな？　誰このイケメン」

薪はびっくりした顔のまま止まっている。

「彼氏じゃなくて、幼馴染」

「……『なっちゃん』？」

和哉が面白くなさそうに呟く。「なっちゃんって呼ばれてるんだ、ふうん」

薪は薪で難しい顔をする。

「これは聞いてないで。えええ俺よりイケメンやん。幼馴染とか何なん」

「イケメンの基準は人によるんじゃないの」

薪も十分イケメンである。塩顔派かソース顔派かで好みはわかれそうだ。

「なっちゃんどっちなん」

「黙秘します」

「俺も気になる」

「A secret makes a woman woman」

「『それ黒の組織《コナン》のやつ』」

帰りの車内で、「薪君って元カレだろ」と和哉が平坦な声で言った。


翌日の日曜日。和哉が作るお昼ご飯を御馳走になり、映画『ウォーム・ボディーズ』の観賞をすることになった。和哉の父は朝から出勤で、母の方は午後から出勤予定らしい。

リビングにお邪魔した夏海は、和哉の母に快く迎えられ、二人でご飯ができ上がるのを待っている。

「夏海ちゃん、どんどん綺麗になっていくね。和哉といつもなかよくしてくれてありがとう」

「いえそんな、こちらこそお世話になってます。綺麗だなんて言ってくれるのおばさんくらいですよ。ありがとうございます」

和哉の母は、シュッとしたスタイルを保ち、目力のある美人だ。デキる看護師オーラがすごい。料理が趣味で、それは和哉に受け継がれている。

本日のメニューはジェノベーゼのパスタだそうだ。澤村家のプランター栽培で採れたバジルの葉をフードプロセッサーに入れ、松の実や胡桃等を加えてペースト状にし、粉チーズやオリーブオイル等で味を調えていた。とても手慣れた動きだった。

「パスタ、アルデンテくらいでいい？」

言いながら、和哉がパスタ鍋の中子を引っ張り上げ、水を切る。小鍋の火も止めて、盛り付け作業にうつった。

和哉は、こうやってときどき家族に料理を振る舞っているらしい。こういうところ、もっと見習わなければと思っている。

白いシンプルな皿にバジル葉の散ったジェノベーゼパスタ、スープカップには豆乳仕立ての野菜スープ。パスタは丁度良い歯ごたえがあり、フレッシュなバジルの香りがたつソースが美味しい。オクラやベーコンが入ったスープはまろやかで旨みがある。

三人で美味しい美味しいと言いながら食べ終え、和哉の母は職場へと家を出た。

「別にいいのに」

「これぐらいやらせてよ」

夏海が後片付けの洗い物をしている間、和哉は横で何か新しく作り始めた。「映画観賞用のおつまみを作りまーす」

和哉はガラス瓶容器に保存している乾燥コーンを計量スプーンでフライパンに入れ、こめ油を加える。蓋をして火を入れ、小さなすり鉢でコンソメ顆粒《かりゅう》を擦《す》っていく。しばらくするとフライパンの中でポンッポポンッと弾ける音がした。適度にゆすり、音が聞こえなくなったら蓋を開けた。

「うっわ～いいねぇ！」

洗い物を終えた夏海が横から覗き込む。言わずと知れたポップコーンである。

和哉はそれに擦ったコンソメ粉を入れ、ハーブソルトを振りかけた。

「お洒落が過ぎる……美味しそう」

「映画といったらポップコーンだろー。お酒も飲む？　昼間に飲むお酒って、妙な背徳感あって最高」

「前回の失敗を踏まえて、……少しだけ飲みたい」

「ポップコーンがしょっぱいから、甘いやつにしよう。カルーアミルクでいい？」

「今ちょうど飲みたい気分だよ天才だね。……ミルク多めにしてね」

「了解了解。俺だけの前だったら酔っぱらってもらって全然構わないけど」

「前のようなことは二度とごめんです」

二人分のカルーアミルクと麦茶が入ったピッチャー、ポップコーンをお供に、二階の和哉の部屋で借りてきた映画を観る。ゾンビラブコメと銘打ってあったのだが、これまでゾンビものを避けてきた夏海にとって、結構なゾンビ感であった。思っていたよりもしっかりしたゾンビで、しかもまさかのゾンビ青年視点のラブコメ。

「どうだった？」

「予想してたよりかなり面白かった。なんだか良い話だった……」

「俺も。あと展開がよめなくてドキドキした。結構好きだなぁこれ」

劇場で買うものよりも美味しく洒落たポップコーンをつまみ、昼間から甘いカルーアミルク。最高のインドアな休日だ。

良い映画を観たあとというのは至福の満足感と、集中していたことによる気怠さと疲労がある。そこに酒が加わっているため、眠気に襲われるのも無理もない。

夏海も和哉も同じように欠伸をし、互いに顔を見合わせた。

「眠いねぇ。帰って昼寝しちゃおうかな」

「夏海は朝勃ちって分かる？」

「なんだい藪《やぶ》からスティックに」

和哉という男、突然こういうことを言い出しても顔は普段と同じ涼しい顔をしている。

「俺は久しぶりにあれを味わいたい」

「……朝起きたときの、生理的なやつでしょ？」

「別に朝じゃなくても、なるときはなるんだよ。昼寝でもうたた寝でも」

「えっまじで？　じゃあ学校とか電車とか大変じゃない？　やばくない？」

あまり想像したくない図である。

「寝たら毎回なるって訳じゃないから。でも言われてみれば記憶にない？　中学高校の授業終わりで起立して礼しなきゃいけないとき、妙〜に中腰になって机にはりつきながら起立してる男子」

「言われてみれば……あったような。そのあとの休み時間、友達の男子達が群がってやいやい言ってたりするやつ……それなんだ……へぇ、ふうん、そう……大変だね……」

時を超えて知る事実。夏海は微妙な気持ちである。

「うん。ってそれはまぁどうでもいいんだよ。夏海、協力してもらえる？」

夏海は無言、ジト目で見返した。

「一緒に昼寝、してくれませんか」

「ふむ。まぁ、それだけなら」

少し緊張していた様子の和哉は、快諾を得てほっと息を吐いた。

ジーンズでは寝苦しいので夏海はバスケットパンツを借りることにする。上はシワになっても構わないようなTシャツなので問題ない。

履けたよ、と部屋の外で待っている和哉に合図する。戻ってきた和哉はベッドの奥側で横になり、ポンポンと空いたスペースを叩いて夏海を招いた。

一階の和室でごろ寝するのかなと思っていたが、和哉のベッドだった。意識してしまうことを悟られるのは嫌だったので、何でもないフリをして隣にごろんと寝転がる。和哉の方とは逆を向くと、後ろから腕が伸びてきて、強い力で引き寄せられた。和哉の腕が、夏海のお腹あたりをがっちりホールドする。後ろから抱え込まれるように密着していた。

「ちょっ……ちょいちょいちょい！」

「おやすみー。良い夢みれそう」

「腕！　腕ほどいて！」

「……嫌ならやめる」

「い……。……眠りにくい」

「昼寝だからちょうどいいくらいだよ」

嫌か、と聞かれれば、不本意ながら嫌ではない。

昼寝だからちょうどいいことはない。そういう問題ではない。

和哉はもう規則正しい呼吸音をたてている。寝ているかは不明だが。

——和哉はこの状況にドキドキしないいんだろうか……。

少し、面白く、ない。

拘束されているので少し窮屈だが、背中全体から伝わる体温の温かみは心地いい。和哉の匂いは安心感がある。

考えることが面倒くさくなって、夏海はすーっと眠りに落ちた。


何時間程寝ただろう。まだ外は明るいのであまり経っていないと思う。二人、密着したまま眠り続けたようだ。クーラーの効いた部屋の中、二人の周囲の空気だけはほんのりぬくい。

寝るときは片腕だけホールドされていた夏海だが、今は下半身も片脚が絡まれ身動きが取れない。

あと、まわされた腕の位置もおかしい。こう、すっぽり、包まれているような――

「起きろ和哉」

全身を揺すりながら肘でつつく。すっぽり包まれていると言うか鷲掴《わしづか》みにされているのは夏海の片胸である。

「――それはちょっと……小さめなんじゃない……」

「なにがだよ」

和哉がむにゃむにゃ呟いた言葉に対し、夏海は踵《かかと》で脛《すね》を狙った。鈍くいい感触がする。

「痛……っ！　お、おはよう」

「手をのけてくださる？　小さいらしいので」

「え、なにが……って、うわ、ほんとごめんマジでごめんワザとじゃない本当ごめん」

和哉がその身ごと慌てて体を離した。小さいというのは、夏海の胸のことではないのか。

「やわらかくてフワフワな夢みてたのこれかー……」

和哉は、体育座りをして丸まるように顔を伏せた。「どんな夢？」

「夏海と二人で雲の上にのってフワフワの雪だるま作る夢」

ファンタジックでのほほんとした夢である。雪だるまが小さめ、ということにしておこう。それがいい。

「それで、どう？」

尋ねる夏海に、和哉がキョトンとする。何のために昼寝をしたのか本人が忘れている。

夏海が呆れた顔をしたのを見て、ようやく思い出したようだ。

「あっ、それな！　どうやら残念な結果みたいだけど、EDじゃなくとも毎回なるもんでもないし」

勃たなかったらしい。これまで順調だったが、そう毎回狙い通りにうまくはいかないだろう。和哉の方もあまり残念そうな雰囲気はしない。

「そっか。じゃあそろそろ帰ろうかなー。御馳走になりました」

「もう帰る？」

名残惜しそうな和哉にどうしたのかと思えば、今夜はきっと両親とも仕事が遅く、夏海が帰れば家に一人きりなのだと思った。もう寂しがる年頃でもないけれど。

「なに、寂しいの」

「寂しいって言ったら夜も一緒に寝てくれんの？」

その返しは想定外である。どう返そうか固まっていたら、和哉が「冗談だよ」と笑った。

トントンと階段を下り、後ろから和哉も見送りに下りてくる。和哉は玄関扉をいつも開けてくれるのだ。ガチャ、と半開きの状態で、和哉が思い出したように言う。

「次の金曜ロードショー、一緒に観ない？　『パシフィック・リム』やるみたいなんだ。おつまみセットも作るよ、おいでよ」

「次って今週だよね？　りょうかーい」

「約束ね」

いつも用意して貰ってばかりで悪いので、今度は何か差し入れを持っていこうと頭の中にメモをする。和哉はそんなこと思っていないだろうが。

澤村家から出てほんの数秒で着く我が家。その間も、和哉は玄関口から夏海を見守っている。夏海もそれを知っているから、家に入る直前に和哉に向かって手を振る。今日は腕組みしながら体を扉に預けていて、どことなく憂いを帯びていた。

和哉は夏海に向けて手を振り返し、ちゃんと家に入ったことを確認してから玄関を閉めた。

革靴やスニーカーが雑におかれた森下家の玄関に、夏海は目を落とす。さっきまで和哉といた、すっきり整頓された玄関とはまるで違う。ごちゃっとして生活感がある我が家も、シックにきれいな澤村家も、夏海はどちらも心地いい。

ご飯は美味しかったし、映画も面白くて、昼寝は気持ち良かった。このところ和哉と会うペースが早い。まるで中学高校に戻ったような——社会人であることや滞在時間を考えれば、その頃よりも多い。

和哉と過ごす時間が、安らぎになっている。

和哉のＥＤが治ったら、なくなるのだろうか。

また一週間が始まる憂鬱《ゆううつ》な月曜日。危うくミスするところだったが自分で気付くことができてセーフだった火曜日。なんとなく過ぎた水曜日に、あと二日でお休みだという意気込みの木曜日。

昼食を食べているとき、薪からメッセージが入っていることに気付く。今日は出先から直帰になるので、よければ少し会わないかという内容だった。夏海も残業にはなりそうにない。

母が晩ご飯を用意してくれている日なので、『コーヒー一杯くらいの短時間なら大丈夫』だと返した。待ち合わせ場所は、夏海の職場の最寄り駅で途中下車してくれるという。

夏海は滞りなく仕事を終わらせ、定時になると席を立った。

「お、時間きっかり。デートでもあんの?」

目ざとい指導担当の吉住は、今日はご機嫌らしい。

「約束はありますけど、デートじゃないですよ」

「そう?　ま、気を付けて。お疲れ」

「お疲れ様でした」

そう、これはデートではない。多分。

待ち合わせの駅構内に着く。薪はまだ来ていないようだった。通勤通学の帰宅の時間帯のため、人は多く忙しないが、薪は背が高く目立つのですぐ分かるだろう。

夏海はなるべく通行人の邪魔にならない柱の傍に立ち、鞄から読みかけの文庫を取り出す。北欧デザインのプリント生地で作られた布製ブックカバーは、赤い花々の模様で可愛らしく、佐奈のお手製である。高校の頃、憧れていた北欧ブランドに似せて作ってくれた誕生日プレゼントだ。汚れては手洗いして愛用している。

本を読んでいる最中は周囲の音や時間が気にならなくなる。突然、上から薪の声が降ってきたので夏海はびっくりした。

「ごめん！　待った？」

「ううん、本読んでたから、全然」

スーツ姿の薪である。身長が高いので似合っている。

二人はすぐ近くにあるコーヒーチェーン店に入ることにした。先にレジで注文して席に座るタイプの店だ。店内は半分以上埋まっており、喋り声で賑わっている。話すのにちょうどいい具合だ。

薪はコーヒーを、夏海は抹茶ラテを頼み、二人掛けの席に向かい合わせになって座る。コーヒーを飲む前に、薪が口を開いた。

「突然ごめんな。いいチャンスやなって思って」

「いや、私に合わせてくれてありがと。お疲れ様」

「ああ、お疲れ様」

夏海はフタ付きカップの穴の部分から抹茶オレを一口すする。ここのコーヒー店の抹茶オレは甘すぎなくて好きだ。

「俺ってさぁ、気になったらすぐ確認したくなるねんよな。この前なっちゃん迎えに来た幼馴染君おるやん？　ほんまに付き合ってないん？」

単刀直入に言うので吹きそうになった。

「付き合ってない」

「そやったらさぁ……なっちゃん、幼馴染君のこと好きやろ？　違う？」

薪は真っ直ぐ夏海を見ていた。射貫くように、真剣だった。

ここで誤魔化すような答えは無粋である。

「正直言うと……分かんない」

「やーっぱそうやと思っ……あれっ？　分からん？」

「ほんとに分かんないの。これが好きなのか。幼馴染の延長で恋しいだけなのか、家族のようなものなのか、……ただの執着なんじゃ、ないかとか」

「執着ってどういうことなん」

「昔好きだったの。薪君と付き合う前の話。ねぇ、薪君は何で私が和哉を好きだと思ったの？」

ここが店内でなければ机に突っ伏したい気持ちである。

「え～何で俺がそんなこと言わなあかんの、俺この前一応告ったと思うねんけど？」

「分かった、ごめん」

聞かれたとはいえ考えなしだったか、と反省する。そしてまだヨリを戻すうんぬんの話は有効なのだな、と頭の隅で思った。

「あ〜待って待って待って！　なっちゃんのその引き際のいいとこ好きやけど、ここはもうちょい粘ってええで？　と言ってもカンなんやけどな。なっちゃん、幼馴染君が見えた瞬間、気ぃゆるめた感じがしたから。それでそうなんかなぁと」

「そんなに変わってたの？」

夏海の自覚はなかった。

「俺はそんな感じがしただけ。幼馴染君のあの目も牽制《けんせい》やと思っててんけどなぁ……やから付き合っとるかと思ったたんやけど」

「そっ……かぁぁぁ」

脱力する夏海の様子を見ながら、薪はコーヒーをようやく飲んだ。うーん、と唸る。

「なんやろ、なっちゃんの恋愛相談とか初めてやん。可愛ええ反応。……でもこの可愛いって、なんかこう、妹みたいな？　感じの？　あれ、俺兄貴ポジション？」

夏海は想像してみた。「薪君が兄とか……不安要素しかない……」

「えっ嘘やん頼りがいあるやろ」

「頼りがいはあるけど突然自分探しの旅とか言っていなくなってそうだし、自称彼女が家にやってきそうだし」

「自称彼女の件はすまん」薪に迷惑をかけられた大学時代の思い出の一つである。

「それで薪君は今、兄貴ポジションなの？」

「なっちゃんのこと好きやけど、今のこういう距離がずっと続けばいいなって思う感じ。

俺もよく分からんくなってきた」

「そう。私も薪君とは今の距離がいいよ。薪君、私とそこまでシたくはないでしょ」

セックスする、の意味で言ったが、薪にはちゃんと伝わったようだ。急に真顔になって姿勢を正したので。

「なっちゃん、大事なこと言うで。大抵の男はな、友情だろうが恋愛だろうが好意を持ってる相手と、そういう機会に恵まれれば『いただきます！』ってなるからな。そういう性《さが》があるからな。ちゃんと頭に叩き込んどくんやで」

「うん。で、つまるところ？」

「シてもいいんやったら、シたい！」

「へぇ～そうなんや～」

夏海が関西弁を使うときは、話を流すときである。


ただの幼馴染と呼ぶには距離が近すぎて、家族かと間違うほど付き合いが長すぎて、恋と呼ぶにはこんがらがってこじれている。

薪と別れてから、和哉のことを考えていた木曜の夜。そのまま悩んで頭の中がシェイクされたような金曜日の今日。

なんとか無事に仕事を終えて、夏海はデスクで大きく息をつく。その様子をみた指導担当の吉住が声をかけた。

「森下、なんか疲れてるのか？」

「いえ、疲れてはないです。今日も無事に終えられたなぁって思うとため息が」

「だったらいいけど。無理すんなよ」

　気分屋の吉住が優しい。逆に怖い。

「吉住さん、どうしたんですか。すごく優しいんですけど、もしかして来週めっちゃしごいてやるっていう伏線ですか？　それとも熱でもあるんですか」

「違ぇよ、俺は基本優しいだろ」

　それは驚きである。「知らなかった……」

「森下、結構俺の事なめてるだろ」

　夏海はぶんぶん首を振って否定する。「冤罪《えんざい》です」

「まぁ今日はこのくらいにして。来週の納涼会、参加か？」

　夏海の会社では、夏の終わりか秋口の頃に納涼会という名前で飲み会をする。あと大きな飲み会は二つで、冬の忘年会と春の歓迎会だ。基本的に自由参加で、費用は会社がもってくれるが、毎月の積立金として給与から差し引かれている部分もあるので、それだけを考えれば行く方が得である。

「参加予定です。吉住さんもですか？」

「一応行く予定。今年の総務は営業課と一緒だからなぁ。あいつらチャラいからな、気を付けろよ」

「そうなんですか？　お酒は控えめに、します」

「そうしとけ」

納涼会はいくつかの部署毎に行う。全社員になると規模が大きくて難しいからだ。どうやって組分けしているかというと、毎回くじで決めているらしい。

歓迎会は部署毎に行い、忘年会は納涼会と同じ方式か、数年に一度ホテルを貸し切って全社員で行う。そのときの実行委員にはなりたくない、と全員が思っているだろう、多分。


夏海は家に帰り、まず冷蔵庫を開けた。森下家の住民はまだ誰も帰宅していないようで、ダイニングテーブルも綺麗なままである。

キッチンに立ち、まな板と包丁を用意する。帰り道に買った茄子《なす》は乱切りに、大葉は細切りにする。フライパンに多めの油を入れ、茄子を揚げ焼きにしている最中、醤油《しょうゆ》と砂糖と調味酢を混ぜておく。焼き上がった茄子と大葉を一緒に和えたら、夏海の好きな茄子南蛮の完成だ。夏海はこうやって作り置きの常備菜をよく作る。

隣のコンロに火を付けて別のフライパンをあたため、クッキングホイルシートを敷いた。西京焼き用に漬けてある鮭を一尾取り出して焼いている間に、作り置きのラタトゥイユを一人分取り分けてレンジでチン。

もう一品欲しいと思い、別のフライパンを用意する。卵を四つ割り、マヨネーズを加えて溶きほぐし、十分あたためたフライパンに流し込む。最初のうちは菜箸で少しだけ混ぜ、ほどよく縁が焼けてくるころ、鶏ひき肉に玉ねぎと筍《たけのこ》で作った肉味噌をぼろぼろと上にのせた。タイミングをはかって、卵を半分に折ってひっくり返す。二回に一回は失敗してぐちゃっとなるのだが、今回は上手くいった。それをお皿に移し、自分の分として四分の一取り分ける。残りは家族の分である。

夏海が自分の夕食の用意を済ませたあとも、家族は誰も帰って来なかった。一人、テレビをつけて食べる。クイズかバラエティ番組しかなく、画面越しの声ががらんとしたリビングに響く。

——皆、飲み会とかだったりして。そうだったらオムレツ勿体《もったい》ないなぁ、明日まだ食べれるかな。

森下家はたいてい誰かがいるので、この時間に一人きりというのは珍しい。「ごちそうさま」と一人で言う声もどこか寂しい。夏海はオムレツの上に埃避けのカバーをして洗い物を済ませた。

和哉との約束の時間まで、あまり余裕はない。さっとシャワーを浴び、歯も磨いて、忘れてはいけない手土産を持つ。服はジャージのズボンに、ゆるめのTシャツという、家でゴロゴロスタイルだ。

今から行く、と和哉にメッセージを送ると玄関を開けて出迎えてくれた。七分丈の黒いスウェットパンツに、定番のライブTシャツを着ている。シャワーは浴びたてなのかもしれない、仄かにシャンプーの香りがした。

「お疲れ。いらっしゃーい」

「お疲れ様。お邪魔しまーす」

「母さんは今日夜勤で、父さんは夜通しの飲み会。帰ってくるのは多分朝方じゃないかな。TVはリビングで観る？　俺の部屋で観る？」

「んー、どっちでもいいけど」

「じゃあ俺の部屋でいい？」

夏海としても、和哉の部屋の方が気兼ねなく寛げる。「うん」

キッチンには和哉が準備してくれているお酒があり、それらを二人で二階に運ぶ。瓶ビールとジンジャーエール、今回はソルティドッグをするのだろうウォッカとグレープフルーツジュース、それとオレンジジュースもある。前回美味しいと言ってすぐ平らげてしまったポップコーンも、量を増やして用意してくれていた。

夏海は持ってきた紙袋を手渡す。デパ地下で買ってきたチーズ三種に、濃縮タイプの柚《ゆ》子《ず》ドリンクとカップケーキセットだ。本当はクッキーやマドレーヌの詰め合わせにしようと思っていたのだが、カップケーキのアイシングがたいへん可愛く、つい購入してしまった。

「ありがとー。可愛いなぁこれ」

ローテーブルに並べられたものだけ見ると女子会のようだ。アイシングカップケーキの可愛さといったら。食べるのが勿体ないくらいである。

TVではいまから始まる映画の説明をしている。夏海と和哉は隣り合って床に座った。

「音声英語にして字幕でもいい？」

「どうぞ」

夏海も映画は字幕派なので問題ないが、和哉は一応毎回聞いてくる。

映画の冒頭が始まり、ああこんな感じだったと、懐かしみを感じながら映像を追う。『パシフィック・リム』はDVDレンタルが開始した直後あたりに一度、一緒に観た覚えがある。流石ハリウッドというCGのすごさ、ロボットアニメが好きな人はたまらないだろうな〜という感想は覚えているが、詳細なストーリーは忘れていた。

アルコール薄めで作ったソルティドッグを飲みつつ、ポップコーンをつまむ。軽やかな食感と塩気がたまらない。

和哉はシャンディガフにして一杯飲んだ後、クッションをお腹に抱えて映画を観ている。和哉は本当に映画が好きだ。その瞳にTV画面が映り、つるりとした角膜のうえが多彩に色づく。夏海はその横顔を見るのが好きだった。今夜も横から見つめていると、ふいに和哉が振り向いた。

「何かついてる？」

夏海は何とも言えなくて、ふるふる首を振った。

二人ともTVの方に向き直ると、和哉がぽつりと言う。

「いっこ、聞いていい？」

「うん」

「先週……あの元彼、ヨリ戻そうって言ってきたんだろ」

声が固い。しかし何故分かるのだ。あのとき帰りの車内で訊いてこなかったけれど、タイミングを窺っていたのかもしれない。

「うん。断ったけど」

「……まだ仲良さそうに、みえた」

「仲は良いと思う。大学のときに別れてからもそんな感じ。でも、彼氏になってほしいとか、そういうのじゃない。それにこの前のは、薪君、酔ってたからね。あいつの場合、明日になったら気持ち変わってるかもしれないんだから――」

ごめん何か違った、みたいな。昨日は兄貴ポジションかもしれないと言っていたし――

と続けようとしたが、和哉の声にかぶせられる。

「酔ってない告白だったら、付き合ってた？」

ぴり、と空気がひりついていく感じがする。

TVの音声が不思議と遠くなっていく。

「……付き合って、ないよ」

「夏海、最近流されやすいから、心配になる」

「それは」

——相手が和哉《あんた》だからでしょ。

「ねぇ夏海。キスしていい？」

和哉が動く、手が伸びる。夏海の両肩を引き寄せて、呆然としている目と合わす。素早くともゆっくりでもない、とても自然な動きで近づいて、ほんの一瞬、唇と唇が触れた。

「——ほら、隙だらけ」

和哉は、美しく、悲しい顔をしていた。

驚いて時が止まったようになっている夏海の体を離す。

「突然、ごめん」

「……」


キスをした。

キスをされた。


和哉が近づいてきて、何をしようとしているのかは分かった。まるでスローモーションのようで、伏せられていく和哉の瞳をぼんやり見つめていた。動けなかった。

睫毛の長さとか、頬や鼻の小さい毛穴だとか、血色の良い唇だなぁだとか、そんなことが頭の中にわいて、和哉の匂いが強くなって、柔らかいものが触れて離れた。

──ごめん、って何？

「ごめん、俺、ちょっと頭冷やす──」

部屋から出て行こうとした和哉のTシャツの裾を掴む。「え？」

「なんの『ごめん』なの」

和哉が振り向いたのが分かる。夏海は下を向いていて、表情は見えない。裾をぎゅっと掴んだ手は緊張感をはらんでいる。

「一時の気の迷いで、キスしたの」

「こんなこと、勝手にやっちゃいけないって分かってる。でも後悔はしてない。の、ごめん」

「なにそれ分かんない」

二人の間に沈黙が落ちる。

ほんのわずかの時間のはずが、永遠のように感じる。

和哉が、浅く息を吸って、言った。

「俺、夏海のなかにいれたい」

「……できそうなの？」

「夏海とならー」

夏海は泣きたくなった。悲しいのか、嬉しいのか、よく分からない。

あの日からだ。和哉が夏海の部屋に入ってきてあられもない状態を見られたときから、二人の関係がめまぐるしく変わっている。

頑丈でしっかりしたものに思えて実は薄氷の上だった。夏海達の不文律が崩れている。

キスされて嫌だったのか？

嫌じゃないから困る。

『薪君、私とそこまでシたくはないでしょ』

昨日、夏海が言った台詞が頭の中をリフレインする。投げかけた問いは自分へと返ってくる。

『私、和哉とシたいの？』

――そう、シたい。和哉とだけ、ヤりたい。

期待していいの。壊しても大丈夫なの。幼馴染の距離は続けていけるの。そういうことばかり悩んで、その場に留まり続ける。

――私は、いつも、こう。

和哉を好きな頃から、やめようと思った高校のときから、大学時代から、何も変われていない。結局、一歩も踏み出せないでぐずぐず好きな状態に戻る。ちゃんと伝えていないことが大きいのは分かっているのに、伝えることができない。

今このときでさえ。

和哉の本心を聞くことが、できない。

「いいよ。しよう」

これを、最後にしよう。

お互いTシャツとズボンを脱ぎ、下着姿になる。明かりは消した。無音が怖いのか、TVはつけたままで英語の副音声が流れている。暗闇のなか、画面からの青白い光がチカチカと室内を照らす。

ベッドの上で対峙《たいじ》する二人。余計なことを言ってしまえば、自分たちは崩れてしまいそうな危ういところにいる。

「わたしは、どうすればいい？」

「夏海がいいなら、俺がする。任せてもらえる？」

夏海は頷く。和哉の腕が背中に回り、不器用ながらもブラのホックを外した。手が少し震えているのが分かる。

和哉はほろりと取れた水色のブラをベッドの下に優しく落とし、夏海の肩を押した。ぽすん、と簡単に後ろに倒れ、和哉が上から覆いかぶさる形になる。

数秒、無言で見つめ合った。和哉の瞳をじっと見つめていた。そこには、恐れと焦り、それから——

——間違いじゃなければ、憧憬のような……。

和哉の最後の確認だったのかもしれない。夏海の両手を絡め、首筋にひとつ小さな口づけを落とす。それから鎖骨、肩とキスをして、胸のふくらみに辿《たど》り着く。片手を外して反対の乳房を優しく摑み、控えめに揉み始めた。胸先に吸い付いた口は、舌先で乳首をころがす。緊張とそれに勝る胸の高鳴りで硬くなっていく胸の尖《とが》りを、優しく嬲《なぶ》る。

「……っ」

夏海は声をこらえるが、吐息が漏れてしまう。それを聞いた和哉は、絡めた手を強く握った。

和哉は丁寧に優しく愛撫を続け、夏海の体は徐々に燃えていく。腿の間が、熱い。

夏海の火照りに気付きながら、余計なことは何も言わずに、和哉はどんどん探っていく。

「も、いいから」

耐え切れなくなった夏海がそう言うと、和哉は顔をあげて小さく頷いた。

両手を体のくびれたところに滑らせていき、おへその横にキスをする。ショーツに手をかけ、するり……と引き抜いていく。

夏海は自由になった両手で近くにある枕を引き寄せて抱きしめ、下を見ないようにした。

和哉は脚を押し広げ、夏海のもので濡れたところを指で確認するようになぞり、はむりと食いついた。

「いっ……!?」

いきなり口をつけてくるとは思っていなかった夏海が奇声を上げたのにも動じず、和哉は続ける。蜜で溢れた奥を探るように舌を伸ばし、今度は指で探索する。ちゃんと気持ち良くなって貰えるように、両手で剝いて、敏感なピンクのボタンを露出させる。「やっ……」と可愛い声を漏らす夏海に、和哉は体中が痺《しび》れるような電気が走り、それは自分の脚の間にあるところに集約されていく。

和哉は花芽に吸い付いて、舌先で舐め上げた。夏海がびくっと体を跳ねさせる。

指を入れ、ゆっくり円を描きながら、要所要所で舌が働く。いつの間にか指は二本、三本と増え、くちくちと水遊びしているような音がした。

「夏海、痛くない？　大丈夫？」

「痛くない……むしろ……」

気持ちいいのだ。

和哉の献身的なそれは、夏海に真心を捧《ささげ》るような行為だった。

――和哉はもとからそういう気質の人だから。でも、気のせいでも、いい。

「和哉、もう十分だよ。ねぇ……いれてみて」

「ん」

和哉は最後にちゅっと音を響かせて、夏海のところにキスをした。起き上がってするりとトランクスを脱ぎ、ベッドの下の引き出しを開ける。

何だろう、と夏海は枕を外してちらりと確認した。

「そんなところに用意してたの……」

几帳面《きちょうめん》に畳んで入れた服の合間に黒いポーチがあり、そこから美しいイラストが描かれた箱が出てきた。女性向けのデザインである。和哉が未開封のそれを開けて、一つ用意する。夏海がじぃっと見ていると、慌てたのか取り出したコンドームを落としそうになった。

「あ、んまり、見ないで欲しいような……」

「……元気、だね」

夏海の自慰行為を見られた直後のときよりも、お酒に酔ってやってしまったときよりも、和哉のジョニー君は元気にそびえ立っていた。

装着が完了した和哉は夏海の正面に向き直り、大きく息をついた。

「夏海、いれるよ」

夏海は枕を抱きしめ直し、「どうぞ」と返事をした。

和哉の膨張したものが、夏海の入り口にあてがわれる。夏海の体にぶるりと鳥肌が立つ。寒気ではない。歓喜に似たものだ。

ゆっくり、ゆっくりと和哉は押し進み、二人の息が荒く、熱くなっていく。

「っは、……くっ」

喉まで汗を垂らした和哉が最後まで押し込んだ。ぴったりと二人が重なり合う。

これまで突き進んできた和哉を迎えるように、夏海の蜜口は彼を飲み込み、絡みつく。

奥の奥までいれた和哉はそのまま動かずにじっとしていて、夏海も和哉を離さないように、その体に脚を絡めた。

——どうしよう。どうしようどうしよう。何かが、完全に、ととのってしまった感じがする。

「夏海、枕、どけてもいい？」

夏海が枕を摑んだ手をほんの少し緩めたところで、和哉が剝ぎ取った。

互いの顔が見える。

夏海は泣いていた。

「！」

硬直する和哉に、夏海は彼の腕をとって首を振る。

「違う、和哉が思ってるようなことじゃない。痛くもないし嫌でもない。こういうものなの、気にしないでって言っても無理かもしれないけど、気にしないで」

「……ほんと？」

「ほんとう。ちゃんと、気持ちいい。和哉は？」

「すっげぇ、気持ちいい」

良かった、と呟いた夏海の目は優しさを湛えて潤んでいた。

「動いてもいい？」

「うん」

和哉は夏海の腰に手をあて、ゆっくりと動き始める。少しずつ、夏海の反応を確かめながら、次第に手は夏海の肩の横について、大きく腰を振る。

夏海は脚をゆるく絡め、頑張る和哉をふわふわした心地で見つめていた。和哉の首に流れる汗を指先でなぞり、腕や胸筋をなぞっていく。両手でさわさわと撫でていると、ときおり和哉が呻《うめ》き声をもらすので、楽しくなって乳首もつついた。

二人がつながっているそこは濡れきり、行為の音を響かせている。和哉は夏海が感じやすいちょうどいい早さで穿《うが》っていた。

どれくらい経っただろうか。

「夏海、俺……」

和哉が苦し気に呻く。

「うん」

夏海は和哉の首に両腕を回し、引き寄せて抱きしめた。夏海の肩口に顔をうずめた和哉が、両腕をぴったりと夏海の体に沿わせて抱きしめる。そして一層奥に突いて、果てた。

全力疾走したあとのように、そのままぐったりとした和哉の頭を夏海は撫でる。

「……できたじゃん」

「……うん。ごめん、ちょっと待って」

和哉は自身をずるりと抜き、身を起こしていそいそとゴムの処理をする。ウェットティッシュや除菌シートでぬぐったあと、起き上がろうとしていた夏海の体を再度倒した。

「えっ、何？」

「夏海はイってない。ごめん」

「ええ？　別にいいし、そんなんじゃないし！」

「頑張るから」

和哉は夏海の両脚をもって左右に広げる。「いやほんとにいいって……やっ、ちょっと！」脚の間に入り込み、先程の挿入で濡れたそこに口をつける。優しく舌先でなぞったり舐めたりを繰り返す。

「かずや、ほんとに、いいってば……」

「痛い？」

「いたくはない……」

ならば問題ないと、返事の代わりに蜜口に指を入れ、その上にあたりにある赤い花芽を口に含む。こそばすように舐めたり、息を吹きかけたり、優しくけれど焦らすような愛撫を続ける。

そもそも夏海の体は高ぶっていた。ほどなくして、夏海は熱い息を漏らし、なかに入っている指をぎゅうぎゅうと締め付けた。ぎゅう、と固くなっていた体も、リボンが解けるように力が抜ける。

「……もぉー……」

夏海の声は困ったようなものであって、怒ってはいない。

「俺の自己満。……シャワー使う？」

「うーん。まず和哉が使っておいでよ」

和哉が一人で暮らしている家なら遠慮なく使うが、澤村家のお風呂は気が引ける。夏海はブランケットをまとって和哉を送り出し、ウェットティッシュを惜しみなく使った。二階の洗面台を借り、服も着直して時間が余る。

和哉が戻ってくる前に帰ろうかとも考えたが、それはきっと多大なショックを与えると思い、部屋にとどまった。

ＴＶ放送中の映画は後半に入っている。お酒やおつまみも残っている。

三分の一ほど残っているソルティドッグを飲み干し、水を一杯分注いで飲んだ。

和哉が部屋に戻る。映画をぼんやり観ている夏海を見て、安心したように小さく息を吐いた。夏海の隣に座り、一緒に映画の続きを観る。

「やっぱり映画にはポップコーンだね」

和哉の方を見ずに呟く夏海を、和哉は横目で見つめた。

「このチーズも、かなり美味しい」

それだけ言って、あとは話すことなく映画は終わった。

いつもどおり、夏海が家に帰るときには、和哉は玄関口から見送った。

けれど、夏海が「もう大丈夫だね」と呟いたのは聞こえていなかった。

4　鳴く蝉よりも鳴かぬ蛍が身をこがす

——俺は最低な人間だろう。

和哉にとって夏海は大事な幼馴染で、友達と言うには遠く、兄妹と言うには近すぎた。幼い頃から一緒にいるためか、その時々の夏海の気持ちや感覚が分かることも多かった。ただ、夏海と彼女の弟である柊の三人でいるときは、二人と自分は違うのだと明確に感じた。姉弟というのは不思議と波長が似ていて、ふと感覚が一致したりする。和哉はそれを感じることはできるけれど、同じものは持っていない。

夏海も多分、和哉に対しては似た思いを持っているだろう。

二人でいるときに沈黙がおりても、不快も焦りもなく、逆に安心感があった。心地よかった。

どうしてこんなに安らげるのか、分かっていなかった。

夏海のことを、異性のパートナーになり得る女性だと初めて明確に意識したのは大学一年の頃だったと思う。「幼馴染って言ってもそこまで一緒になるもんか？」と友人に揶揄《やゆ》された、夏海と同じ大学。流石に学部は違い、棟は離れていたので学内で出会うことはほとんどなかった。だから高校の友人に「森下さんに彼氏できたって聞いたけどほんと？てっきり本当はお前ら付き合ってると思ってたんだけどな〜本当にただの幼馴染だったんだな〜」と言われたときは、寝耳に水とはこういうことを言うのだろうなと思ったのだ。

信じられなかった。

自分には彼女がいるのに。それでも信じられなかった。

そう、彼女がいた。

大学に入り、先輩に誘われたバスケサークルに所属した。楽しくバスケをして試合をしようというスタンスで、ガチサークルでもないし飲みサークルでもない、雰囲気も悪くない良いサークルだった。

ある日、下宿しているメンバーの部屋で宅飲みをし、ＵＮＯやトランプで遊んだ後、皆で雑魚寝をした。宅飲みからの雑魚寝パターンは典型的な大学生活の一つだと思う。

その翌朝、駅の方向が同じメンバーの女子と二人で歩いていたときのこと。

「澤村君と付き合えるなんて夢みたい」

と言われて、頭の中にクエスチョンマークが乱舞した。

彼女は美人で、同期からもモテていた。彼氏の座を男達が狙っているのは知っている。

和哉が、よく分からない、といった顔をしたのを見て、彼女が青ざめた。

「えっ、忘れちゃったの？　昨日の夜……わたし……」

見るからにしょげられるが、真実を言わねばならない。それに変なことはしていないと思う。

「ごめん、覚えてない……」

「私が告白して、澤村君、いいよ、って……」

和哉は、全くもって記憶がなかった。

彼女は俯きがちに目を潤ませている。彼女とはサークル内でも仲がいい方だ。何だか悪い事をしている気になった。そして和哉には特に好きな人もいない。

「いいよ、付き合おう」

そのとき、ちらりと夏海の顔が脳裏をかすめた。何でだろう、とこのときは思っていた。


彼女にはとても不誠実なことをした。


いざ付き合ってみるが、これがまたびっくりすることに楽しくない。

「彼女可愛くていいよなぁ。美男美女でお似合いだよお前ら」

と大学の友人からは羨ましがられたが、和哉にはよく分からない。

少し面倒なところもあったが、友人からは「女子なんてそんなもんだよ。俺の彼女とかさー」と愚痴が始まり、付き合うってそういうものなのかと思う。

夏海とならそんなことないのにな、一緒にいるときは楽しいし……と思い、そういえば夏海の様子が最近おかしいと思い返す。

少し、よそよそしくなっていた。和哉の部屋にも、澤村の家自体にも、あまり来ない。呼んでも、来ない。

夏海から『和哉に彼女できたって聞いたんだけど、ほんと？』とラインで訊かれた、あのときからだ。そうだと答えたのは自分なのに、『そっか。おめでと』という返信を見て、胸がズキリとした。

夏海にそう言われたことが何故かショックで、自分で自分の首を絞めてしまったようでもあり、夏海に突き放されたようでもあった。

凍り付くような胸の痛みを感じて、ようやく理解した。取り返しのつかないことを、やってしまったんだ、と。

その翌日、帰りの電車で偶然同じ車両に乗る。最寄り駅から二人で帰っているとき、「大学生になったし、和哉も彼女作ったし……私も彼氏作ろうかなぁ」と言った夏海に、咄嗟に思ったのは〝彼氏なんて作るな〟だった。自分は彼女を作っておいて、何を言っているのだと自分自身が嫌になる。「もしできたら会わせてよ」と言うと、夏海は笑った。ほんの一瞬、儚《はかな》げで、傷ついて見えた。その顔が、忘れられない。

それからしばらくして夏海に彼氏ができたと聞く。

狼狽えた。

すぐ夏海に確認することはできず、玄関先でばったり出くわしたときに、何でもない風を装って訊いた。

「彼氏できたって？」

「うん。なんか、彼氏って感じもしないけど」

夏海は何でもないことのように話す。どんな人なのか、夏海はどんなふうに好きなのか気になったが、聞けない。

いつもの格好よりも、少し可愛らしい感じにお洒落している夏海を見て、今からデートに行くのだろうか……とぼんやり思った。

元カノと付き合って三ヵ月。彼女の一人暮らし先に呼ばれ、それとなくそういう雰囲気になり迫られて、流れでセックスした。

確かに気持ち良かった。

が、こんなものなのか、という冷静な感想も、頭のどこかであった。

あまり日をおかず、また彼女の部屋に呼ばれ、セックスしようという流れになる。ところが……途中で萎えてしまった。彼女には申し訳なかったが、「そんなこともあるよね」と納得してもらえてホッとした。

問題は次。また、萎えてしまう。「……体調悪いのかな？」と、彼女には暗い表情で言われたが、和哉自身には原因が分かっていた。あまり、する気がおきないのだ。そしてその次。勃起すらしない。微妙な空気になった。

不誠実で考えなしの自分に反吐が出た。

彼女に恋していない、……愛していない。

翌週、和哉から「別れよう」と切り出した。彼女は少しだけ渋ったが、最後には応じた。萎えたり勃起しなかったりした件は、彼女にとっても引っかかっていたようだった。

あまり後味の良くない幕引きだった。

お互いサークルは辞めることなく、表面上は上手く付き合っていけたことは幸いだったと思う。


彼女と別れたからといってすぐに、以前のように夏海に会いに行くのも駄目だと思った。元カノに対してあまりにも不誠実だと思ったからだ。それにもし彼氏が家に遊びに来ていたら……と想像し、動けなくなる。夏海も、彼氏とああいったことをしているのだろうかと思うと憂鬱になった。

そんなことを思っていると、彼氏らしき男が夏海を家まで送っているところを目撃してしまった。傍に停車しているレンタカーでプチ旅行でもしたのだろうか。彼は大学でも一緒にいるところを見たことがある。かなりいい体格をした、明るくて爽やかそうな男だ。仲が良い雰囲気がこちらまで伝わってくるし、夏海は背の高い彼を見上げて微笑んでいる。

――今までその隣にいたのは俺だった。

何故こうなったのだろう、と思う。

――俺が、彼女をつくってから。

あのときから、夏海が離れていった気がする。今は幼馴染としても友人としても、隣に立てない。


二ヵ月後、母から夏海が彼氏と別れたのだと聞かされる。何故母親が知っているかって、夏海のお母さんから情報が筒抜けだからだ。

「あんた立候補すれば？　夏海ちゃん可愛いんだから、すぐ誰かにとられるわよ」

母は昔から夏海推しなので、よく言われてきた台詞だ。これまでは「夏海はそんなんじゃないから」と言ってきたが、このときは対応を間違えた。

「……ん」

夏海が別れたという話に気もそぞろで、そうとしか返事ができず、母はびっくりしたようだった。しくじったと思ったが、むしろそれから夏海についてとやかく言ってくることがなくなった。ただ、夏海について知り得た情報は意図的に垂れ流しており、和哉も表面上は「へぇ～」という何気ない相槌をうった。かわら版のようで正直有難かった。


そこで新たな案件となったのが、勃起不全である。

元々性欲はない方だった。元カノとできなくなってから、家での自慰行為の成功率がどんどん下がり、ついにはできなくなったし、する気も起きなかった。

高校の修学旅行で、週に一人で何回くらいするか話題になったことがある。意外と日頃はあまりそのような話はしないのに、修学旅行のテンションとノリが成せる業である。シても月に一～二回、シない月もあると言うと、全員から「嘘だろ」と言われた。事実だ。

だいたいが週に二～三回程、多いと十回以上という、和哉には想像を絶する回数のクラスメイトもいた。「で、本当のところはどうなんだ?」と聞かれても、嘘を言う必要もない。本当にそうだと言うと、違う宇宙に住む者を見るかのような目で見られた。自慰をする気がおきないのだから仕方がない。

「あれか? 和哉って森下さんとお隣同士の幼馴染なんだろ。すっげー仲いいじゃん。付き合ってないとか言って、実はヤっちゃってたりして……だからオナる必要ないとか」

「はぁ?」

軽い調子でとんでもないことを言い出した奴に、素で言い返すと、さっと顔色を変えて謝られた。

「ごめん、ごめん、ほんの冗談……そんな、怒んなよ。和哉って怒ると怖いのな……」

自分でも驚くほど険のある声音が出たが、そんなに怒ったつもりはなかった。

元々性欲もなければ、女子とヤりたいとも特に思っていなかった。性欲が異常に強い人間もいれば、性欲が希薄な人間もいる。別におかしいことではないと思う。

元カノを前に勃起できなくなったときも、実はそこまで悲壮感はなかった。今思えば、いつか何とかなるだろう、と気楽に考えていたところがある。徐々に勃起不全が酷くなっていっても、そこまで焦っていなかった。セックスする必要性が自分になかったからだろう。

そう思っていたのに、突然の自身の反応に焦ることになる。

大学三年の頃の夏。彼氏彼女ができて少し疎遠になっていた和哉と夏海は、両方とも別れたことと時間の経過で、徐々に以前のような距離を取り戻しつつあった。

前期の課題レポートの校正をしあうことになり、夏海は和哉の部屋に来ていた。和哉は夏海のためにキッチンに下り、水出しのルイボスティーとゼリーを用意する。寒色の花模様を描いた北欧デザイントレーに載せ、自室に戻ると、夏海がクッションを胸に敷いて床にうつ伏せになっていた。肘を立て、手元にある和哉のレポートを読んでいる。襟のないトップスは白いうなじを見せ、背中は滑らかに反り、脇腹の素肌がちらりと見える。腰からお尻にかけて悩ましいラインを描き、ショートパンツから無防備にさらけ出された脚——いつもならレギンスだかトレンカだか履いているのに、今日は生肌だ——は瑞々しく、かぶりつきたくなる。

ムラっとしたのだ。後ろから襲いかかりたいと素直に思った。

経済学部よりも他学部の講義の方が面白い。和哉は特に社会学部の講義を許される範囲で履修していた。社会学は範囲が広く、浅く学ぶのならば雑学に近いような気もする。社会思想史Bを聴講しているなか、和哉は先日の夏海の体を思い浮かべ、強烈な今朝の夢を思い出していた。

夢の中の自分は、先日の欲求を果たしていた。

あられもない姿で、自分のベッドに寝そべった夏海がいた。夏海の裸なんて見たことないはずなのに、やけにリアルだった。白く浮かび上がる肌も、汗ばんでしっとりした手触りも、甘く苦しそうな表情も。ぎしぎしと鳴るベッドのスプリング、揺れる夏海の肢体、燃える様に熱い自身の体、リズミカルに聞こえる卑猥な水音。

夏海は何と言ったのだっけ。

『和哉、もっと、もっと奥まで……』

――頭が沸いている。

和哉を現実に引き戻すように、講師が『リビドー』と言った。講義では、フロイトの無意識の発明の説明をしている。

リビドー、性衝動、……夢に無意識が現れる？

無意識の欲求が、歪《ゆが》んだり離れた象徴となったりして夢の中に現れる――自分の夢では欲求がそのまま現れたが。

夏海を幼馴染としてだけではなく、異性として意識しているのは分かっていた。いつからそう思っていたのかは自分でも分からない。先日の、夏海の危機感ゼロの姿を見てからかもしれないし、彼氏ができたと聞いたときかもしれないし、高校、いやもっと前からかもしれない。

夏海は和哉を優しいと言う。確かに、どちらかと言うと優しい人間だと思う。けれど、特別優しくしているのは、夏海だけだ。

夏海だけがそれを分かっていない。

和哉も、少し前まで分かっていなかった。


思い返せば、夏海に少し距離をおかれたことは前にも一度あった。明確な時期は分からないが、高校のときだ。それまでバレンタインには手作りチョコをくれていたのに、義理まる分かりの市販品に変わった。部屋に来てもなんだかよそよそしい。いつも我が物顔で寝そべっていたベッドを、全く使わなくなっていた。

何かしてしまったのだろうかと思ったが覚えがない。少し様子が変である以外は変わらず、おおらかな夏海だったので気にしないことにした。

学園祭では、クラスで模擬店を出すことになった。女子は食事、男子は大工仕事と割り当てられて作業に当たっていた。物資を取りに行ったとき、ちょうど曲がり角の向こうで夏海達が話しているのを聞いてしまった。どうやらメニュー考案・調理係にされた女子達が、何かいいアイデアはないか夏海に相談していたようだった。

「和哉に聞けばいいと思うよ。料理得意だし」

「澤村君得意なの⁉　でもさ、調理は女子がやってって男子が言って決まったからさ……。澤村君だけ引き抜けないよ」

「んー。和哉は、女子だから料理担当してよって言わないし、思わないよ。そのへんの決め事も上手くまわしてくれるんじゃないかな。和哉自身も大工仕事より料理の方が上手だと思うし、んーと、私が引き抜いてこようか？」

「そう言われてみると、澤村君ってそういうこと言わないね。流石イケメンっていうかー」

きゃらきゃらと話すクラスの女子達に混じり、ひとり夏海の声だけが低く、真剣みを帯びていた。

「和哉はさ、何かのくくりで物事を見るんじゃなくて、一つ一つに対してただ素直に率直に向き合ってるような……。いい幼馴染だよね！」

場の空気が変わってしまったのを感じた夏海は、強引に話をたたんで笑って誤魔化したようだった。

イケメンという一つの言葉でほぼ全ての事柄をまとめられることに、少ししんどくなっていたときだった。イケメンと言ってくれるのは有り難いことだけれど、何もかもを流石イケメン、と称されることに嫌気がさしてしまうことだってある。

自分に対してよそよそしくなっていても、そんな風に思って言ってくれていることが嬉しかった。

大学四年のとき。お互い就職先もなんとか無事に決まり、卒論を進めていた秋。

和哉の部屋には夏海が息抜きに遊びに来ていて、おやつをつまみながら花札をしていた。ダラダラとつけていたＴＶでは、『一番好きな映画は何?』というコーナーが始まった。

一番好き、となると難しい。せめてジャンル毎の一番でないと無理だ。ああだこうだ悩んでいると夏海が「一番好きなのは難しいけど、一番印象に残ってる映画はあれ、『ビューティフル・マインド』」と言った。

良いチョイスだなぁとうんうん頷いていると、

「一人だったら絶対見なかったもん。途中なんだか怖かったし——でも和哉が良い映画だって言うじゃん。だったら最後まで見ようかなぁと思って、そしたらめちゃくちゃ良い映画だったから。和哉に薦められて一緒に見てなければ多分一生見てなかった。だから、いまんとこ一番印象に残ってる」

自分というものが、夏海に浸透していると思ったのは気持ち悪いだろうか。

あの名作映画は、これからも地上波やＢＳ放送をするだろう。あなたの好きな映画は?というフレーズも耳にするだろう。その度に、夏海は『和哉と観たビューティフル・マインド』を思い出すのだ。

多分、夏海はあまり自分に自信がない。自信がないのも然り、自己評価が低いのだ。夏海は凝り性ではないが、読書が好きだ。幅広いジャンルを読んでいる。なのに和哉や友人の佐奈がマニアック過ぎるきらいがあるため、この程度では趣味として胸が張れないと本人は思っている。

和哉がおすすめ漫画を貸すときは、食指が動かなくてもとりあえず一巻は読んで感想をくれる。映画にしてもそうだ。一緒に観ようと誘うと観てくれる。グロいものとレベル高めのホラーは無理らしいが、和哉もすすんで観たいジャンルではない。

夏海の懐は広い。とりあえず、こちらからのボールは受けて止めてくれる。人間関係にしてもそうだ。夏海は自分の寛容さに気付いていない。本人にとってそれが普通だから。たいした特技もないと思っているみたいだが、厳しいと有名な吹奏楽部を中学高校と続けていた。朝練のため六年間早く出続けていたのはすごいと思う。和哉は朝が苦手である。

オーボエなんて楽器は夏海が吹くまで知らなかったが、まるで彼女のような優しく柔らかい音色は好きになった。中学三年にもなると、朝練で聞こえてくる音でどれが夏海のものか分かるようになった。なんとなく恥ずかしくて、夏海に言ったことはない。

夏海は思慮深い。あまり考えていないような気軽さで、本当は沢山考えて、ときに悩んでいる。傷ついても、胸の奥にそっと置いておく、そんな儚さがある。

和哉は、あまり考えていない。だから、夏海のそういうところが好きだし、傷ついたときは気付いて傍にいて包んであげたいと思う。

この気持ちが、幼馴染に対するものを超えているのだと、気づくのに時間がかかり過ぎた。

社会人になってからも、お互い実家を離れなかったので、会う頻度も変わらなかった。夏海の家や部屋に行ったり、こっちの部屋に招いて映画を観たりゲームをしたりする。前と同じような近い距離、ぎこちない空気もようやく消えた。

この心地いい時間が崩れずに続けばいい。いつまでも、このまま――なんて思ってもどうしようもなく変わっていくのは知っている。夏海も結婚を考えるときがくるかもしれない。好きな男ができるかもしれない。この逢瀬《おうせ》もいつまでも続かない。

進むのも置いていかれるのも怖かった。

――俺、とんだチキン野郎……。

だからあのとき、チャンスだと思った。夏海がひとりエッチをしていたあの光景は、最高に衝撃的で、心底申し訳ない気持ちもあるのに、心臓が走り出して止まらない。頭が沸いていたとはいえ、あのときよくやったなぁと思う。

そう、攻めあぐねていた。そのなかで、降ってきた好機――嫌われるかもしれない、でもどこかで、夏海は自分を心底嫌いにはならないだろうという甘えに似た確信があった。

距離を詰めるならば、今しかない。あれを発端にじりじり畳みかける。彼氏の真似事のようなお迎えだって、普通の友人にはしないようなプレゼントだって、したらいい。これまでしたくてもしなかったことを。

ＥＤだっていうのも、半分は本当で、半分は嘘だ。

本当に最低だと思う。

夏海にムラっときた大学三年のとき、部屋で夏海を思い出してオカズにしたら抜けたのだ。一回だけじゃない。ＡＶでは無理だが、夏海を妄想したら高確率で抜ける。

夏海の優しさを利用して最低なことをしていると自覚しているが、なんとかして夏海を束縛したかった。

ゴムは、いずれそうなりたいという願いを込めて用意したものだ。女性にとって優しいものはどれなのか、ネットで下調べも入念にした。こんなに早く出番がきてくれるとは思ってもいなかったから、買っていて良かったと心底思った。夏海には、何故ゴムがあるのか不審に思われたかもしれないが……。


昨日の夏海とのセックスは最高だった。本番がちゃんとできたというのもあるが、そんなことは些細《ささい》なもので、夏海が自分に体をあずけてくれたことが、狂おしいほど嬉しかった。夏海は同情だけで体を許してくれるようなタイプではない。本当はもっと、もっと夏海に気持ち良くなってもらいたい。やってみたいことも沢山ある。最後までできたのだから、今度はもっと――。つながったあのとき、妙にしっくりきた感銘。こうあることが自然のような、不思議な気持ちだった。夏海の方はどうだろうか。自分の、独りよがりでなければいい。

声をこらえ、恥ずかしがる夏海を思い出すと、股間のあたりに熱が集中しそうになる。今はまずい。土曜の昼間、壁を見ながら興奮しているなんて危険人物である。

今、和哉は一人でボルダリングをしに来ていた。夏海達が行っているのを聞き、前から興味もあったので、高校からの友人と行ってみたら案の定ハマった。友人と来るのもいいし、一人で来るのもいい。何度もトライして体が疲労に包まれたあと、考え事に没頭できる。全身が疲れているので余計なことが出てこず集中しやすいのだ。

本当は夏海と会いたかったけれど、この土日は予定があるらしい。

家の行き来は数えきれないほどしてきたが、外に出かけるデートというのはしたことがない。映画館や水族館も行ってみたいし、泊まりでテーマパークも行きたい。家の前とかでなく、駅で待ち合わせてみるのも面白そうだし、流行りの脱出ゲームに参加するのもいい。

重いから言わないが、死が二人を分かつまで、夏海は隣にいて欲しいし、夏海の隣にいたい。

――早く会いたい。

人生で家族の次に会っているというのに、今すぐ会いたくてたまらくなる。

と、そこで和哉はいっぱいいっぱい過ぎて通り越していた恐ろしいことに気付いた。

――俺、好きだって、言ってない……？

勿論、好きとも言われてない。

「えー……今日、佐奈ちゃんにお越し頂いたのは、聞いてほしいことがありまして、ですね。急に来て頂けて嬉しく思いますかしこ……」

○

「澤村君のことじゃないの～？」

「バレてる……」

　主要駅近くのデパートの最上階。明るい色合いの木調で整えたオシャレな食堂カフェで、夏海と佐奈は向かい合わせに座っていた。壁で仕切られている個室のようなテーブル席で、数種類から選べるランチメニューにドリンクとケーキセットも付けた贅沢《ぜいたく》仕様だ。

夏海は鮭のクリームソースのパスタ、佐奈は和風ハンバーグセットを食べ終え、食後に頼んだパンケーキを待っている。

「告ったの？　告られたの？」

「どうやって言おう……」

「どっちでもないの？　あれぇ、予想外。でも好きなんでしょ～？」

「……そう、なんだよね」

「今さら私に相談するなんて、何かあったんでしょうに。全部吐け」

「……しちゃったの」

「え？　なに？　セフレ？」

「佐奈ちゃぁぁぁぁん」

「夏海ちゃん達さぁ、何でそんなにこじれてんの。見てきたこっちがため息つきたくなるわ〜」

きっと怒られると夏海は思っていたのに、佐奈の反応は呆れであった。

佐奈は背もたれに寄りかかり、何かを思い出すように目線を上にやる。

「夏海ちゃんにはこれまで言わなかったかもしれないけど、高校のときどう見ても相思相愛に見えたよ。だいたい今もね、一緒に過ごす時間多すぎだからね〜何よ付き合ってないって意味分かんないわ〜。あの頃だって、周囲は夫婦みたいなもんだと思ってたのに。気付いてなかった？　澤村君が夏海ちゃんのことは『恋愛対象じゃない』的な発言したときも、私は疑ってたからね。本人気付いてないだけだろ、って思ってたの。まぁそれなのに大学で簡単に女に引っかかっちゃって本当あの子何なの？　馬鹿なの？　って思ったんだけどね〜。いやほんと馬鹿〜どうしようもない馬鹿〜」

「えええ……」

「夏海ちゃん、高校のときあんまり告られてないって言ってたでしょ？　可愛いし話しやすくて楽しい、って男子には人気だったの知らなかった？　でも澤村君っていう圧倒的セキュリティサービスがいるじゃない〜。負け戦をしたくない年頃男子は告らずに諦めてたのよね〜」

人気だったというのは信じられないし初耳である。
「……『森下ってそこそこ可愛いけど彼女向きじゃないよな』って軽い感じで言われたこ
とぐらいしかないよ……」
「ちがーう。それ負け惜しみ～強がりだから～。夏海ちゃんと澤村君見てたら、二人が親
密過ぎて入れないの分かっちゃうじゃん～好きなら尚更～」
「えええ……そうとは思えないけど」
「もおお！　私の夏海ちゃんは可愛いんだから自信もって！　って今はその話じゃないの
よね～。えーとそれで、私は不思議だけど澤村君はまぁモテてたよね。優しい奴なのは認
めてるから、顔もそこそこ良いと勘違いしそうになる女子だってでるじゃない～？　でも
ねぇ、夏海ちゃんっていう公式の嫁がいるから、実際告るまでいく女子も少なかったとい
うか～」
「……嫁？」
「暗黙の了解ってゆーやつよ、私達の。ほんと、知らぬは本人達ばかりなり！　ああもう
早くくっつきなよ～。そろそろいい年でしょ～」
「……もし駄目だったら、壊したくない、って思うと、どうしても踏み出せなかった」
「でもシたんでしょ？　どうしてその流れになったのか相当気になってるのだけど～。澤
村君だって、好きでもない相手とそういうことするような男って思えないけど。そこは
ちゃんと評価してるんだけど～」

そう。ＥＤ治療の為だけに、セックスするような男じゃない。

夏海はこくんと首肯した。

「大体さぁ、何でそのときに聞かなかったのよ～。話す暇もないほど性急に激しかったの～？　ヤダァ～」

夏海の顔色が決意を決めたように明るくなったので、佐奈も茶化す。

「でさぁ。どうだったの、澤村君とのあれ」

「……聞く？」

「気になる～」

「……」

「ふぅーん。良かったんだねぇ～」

頷くしかなかった。

特別、何かをした訳じゃないのに、むしろかなりシンプルだったのに、思い出しただけでもうヤバい。一体感というか充足感というか言葉にできないこの感じ。少年漫画だったら『覚醒』だとか『限界突破』だとかそういうテンションだろうか。適当だけど。

夏海のもとに蜂蜜アイスのパンケーキ、佐奈には季節のパンケーキが届いた。写真映えしそうな盛り付けに彩りだが、二人はすぐにフォークを手に取る。

「決着が着いたら澤村君も連れてきて会おうね。成就してもこじれても、引きずってでも連れてきてね」

佐奈がにっこり笑って言った。こういう笑顔のときは、有無を言わさない迫力がある。

やっぱり怒っているのではないだろうか、と夏海は思った。

○

世界一馬鹿だと気付いた翌日、日曜の朝。和哉はゲームのコントローラーを機械的に操作しつつ、目は死んでいた。目下、頭のなかは夏海でいっぱいだ。昨日会いたかったが、タイミングが悪かったのか無理だった。もしかして避けられているのでは……という考えがよぎる。

SNSのメッセージで告る？　ナシだ。面と向かって想いを伝えたって、三分の一も伝わらないだろうに。変に解釈して余計避けられるかもしれない。いや、避けられてるって決まった訳じゃなかった……。

こんなことしている場合じゃないのに、部屋には高校からの友人である飯田《いいだ》がいる。昨日ボルダリングジムから帰って、自分の最低さと馬鹿さ加減に悶絶《もんぜつ》していたところ、突然『今ヒマ？　久しぶりに会おうぜ！　和哉んちで！』と電話がかかってき、強引に上がり込んできた。夜中の十時を回っているというのに。両親は、まぁ飯田君なら仕方ないわね、と受け入れモードだった。何故だ。親友認定しているからか。

二人で飲み切るには多い量のお酒を持ってきた飯田は、早いペースでどんどん飲み、深夜零時を迎えるころ、勝手に一人でゴロ寝していた。

何しに来たのだ飯田。

そして朝の六時に目が覚めた飯田は和哉を叩き起こし、ゲームに付き合わせて、今に至る。

「なぁ和哉。彼女できた？　ってか、森下さんとどうなんだよ」

「は？」

何故突然、夏海が出てきたのか。和哉は友人達に、飯田にだって、夏海の話をあまりしない。聞かれたら『今も会ってるよ。そりゃーお隣さんだからね』と言う程度だ。

「いい加減白状しろよ。好きなんだろ」

「な……。お前、それを聞きにきたわけ？」

飯田はゲームを止めて、一呼吸おいた。和哉が一応用意してやった朝食用のグラノーラを食べ始める。これが夏海だったら腕を振るって料理を作るが、他は簡単シリアルで十分だ。

「いんや、違うけど。そろそろマジでお節介焼かねーと駄目かな、って思い始めてさ」

「俺、夏海の話とかそんなしてないと思うけど」

「だーかーらー分かるって。お前ぐらいだって、分かってないの」

今は分かっている——と口には出したくない。

「大学でさくっと彼女作ったときさぁ、心底アホだと思ったね。マジで」

その通りなので、和哉は自分用のグラノーラを黙って食べる。

「あのときはさぁ……俺、和哉が森下さんのこと好きなんじゃなかったんなら、頑張っとけば良かった、って思ったんだよな」

和哉としては聞き捨てならない。「どういうことだよ」

「高校の頃な。森下さんのこと結構本気でいいなって思ってたんだよ。お前には言わなかったけど、言えるわけねーじゃん。会ったときからもうお前ら二人、なんか空気ができ上がってるし、それを間近で見てたら尚更じゃん。割って入っていく勇気も、なかったしな。なのに和哉はさぁ、大学で別に彼女作ってるし。森下さんと本当にそういうんじゃなかったんなら、ただ二人を見てただけの俺、馬鹿みてーって」

飯田の気持ちには全く気付かなかった。

沈鬱な顔になっていく和哉の背を、飯田がばしんと叩く。

「そんな顔すんなって。そう思ってたのは大学の頃。今の俺には可愛い彼女がいて幸せだし？　なんなら分けてやってもいいくらいだし？　だいたい和哉、その彼女とすぐ別れて以降、彼女作ってないだろ。ああようやく自分の気持ちに気付いたのかな……って、マジでアホだなと思ってた」

「阿呆……」

「阿呆だろ。馬鹿の方がいい？」

同じだろ、と疲れた目で飯田を見る。

「俺がねぇ、森下さんをいいなって思ったときのこと話そうか。多分和哉も知らないから。高校の頃のお前ってやっぱり女子から人気あって——そこで頷かれるとハラ立つな——明確な彼女もいないけど、特別な存在として森下さんがいたじゃん？　——そこは頷けよな——だからまぁ、女子の世界って怖いことに嫉妬されるワケ。中にはハッキリした敵意持つ女子だっていて、マジで漫画の世界みたいなさ、複数の女子が森下さんを囲んでたんだよ壁際に。放課後で誰もいないと思ってたんだろうけど、俺忘れ物して教室に戻ったときのことだよ」

当時のことを思い出したのか、飯田は小さくため息をついた。

「内容は『澤村君とどういう関係』だの『彼女ヅラしないでくれる』だの『ただの幼馴染のくせにその顔で釣り合うと思ってんの』だの聞くに堪えない感じだった。森下さんは言われっぱなしだった。女子達があらかた言い終わったのか静かになったとき、ようやく喋ったんだよ。『うん、私もその通りだと思う』って。女子達はあっけにとられた感じだったよな。『でも彼女ヅラはしてないつもり。それっぽいのなら、ごめん。私は部活あるから行くね』ってすり抜けて、引き留めようとした女子達には『和哉には言わないから』ってそこに留め置いて、教室を出てきた。そんで廊下で俺とバッタリ出くわしたときの森下さん、ヤバイって顔してたね。どう声をかければいいか分からなかった俺に、『和哉には内緒にしてね。気にするから』って言って行っちゃった」

飯田の思っていたとおり、和哉は初耳だった。夏海を囲む意味も分からない。「え、マジで……？」

「翌日、森下さんの様子を伺っていたけど何も変わりない普段通り。だから昼休み、先生に頼まれてノート運んでた森下さんを手伝いながらサクッと聞いてみたんだよ。大丈夫かって。そしたら『前からたまにあるの。心配してくれてありがと』って」

――やっぱり和哉は格好いいから、幼馴染が私みたいな平凡な奴だと気に食わないって人は出てくる。ただ幼馴染なだけならあんな風に嫌味言ってくるまではならないかもだけど、和哉と私って、多分、結構仲良くみえるでしょ？　教科書やノート借りに来過ぎなんだよね。

「そんなこと……」

「だろ？　意味分かんねぇ。『彼女達は和哉に近づきたいのになかなか近づけないから、運がいいだけで幼馴染として仲良くやってる私に当たっちゃうの。誹謗中傷《ひぼうちゅうしょう》とか危害を加えられたりしない限り、もう、別にいい』って、言ってたけど、遠い目をしてたし疲れた表情だったたと思う」

――でも飯田君、和哉には言わないでね。気にするだろうし心配するだろうし、和哉は悪くないもん。それに和哉が介入してきたら、余計ややこしいことになる。私がさー、もうちょっと美人だったり何か突出したものがあれば別なんだろうけど。

「森下さんって、普段はどっか違うところを見てるようで、控えめな感じがするけど、話してみるとニコニコ笑うしノリもいいし楽しいじゃん。あのときの森下さんはこう……珍しく僾い感じがあって。いつもソツなくこなしてるイメージだったのに、俺と同じように自分自身のことで悩んでるのが分かったから、急に身近に感じたのもあるとゆーか。森下さんのことについては和哉が一番よく分かってると思ってたけど、そうでもないのかなと思ったり」

最初は真剣に聞いていた和哉の顔が、後半で面白くないものに変わっていった。「へぇ……」

「そんな高校時代の思い出」

「……夏海は、すごいんだよ。昔から、ずっと。テキトーでアホな、俺なんかより……」

膝を抱えて体育座りをし、和哉は顔を伏せた。

「早く告れや」

「……うっせ」

「俺は言うぞ。来週、彼女の誕生日に、プロポーズする」

「……まじ？　それ、言いに来たの？」

飯田は照れ臭そうに笑い、首筋をポリポリかいた。

○

飯田が和哉にプロポーズプランを話している、その隣の家。平日よりも遅く起きた夏海が、寝ぼけまなこで歯磨きをしつつ、今日は何をしようか考えていた。

和哉には予定があると言ったので、予定を作らないとまずい。録っておいたドラマを見ながらブランチをとり、お洒落して出かけることにした。

九月に入ったので、白と水色のツートーンカラーワンピースもそろそろ着納め。デパートをぶらぶらするつもりなので、ローヒールのビジューサンダルを履く。ゆらゆら揺れるピアスと華奢なブレスレットを着けて武装しているのは、店員さんに物怖じしないためである。メイクもネイルもばっちりなキラキラしている店員さんが寄ってくると、眩しくて逃げたくなるのだ。

まだまだ暑い日が続くが、デパートでは秋物の服が店頭に並んでいた。夏海はシンプルな服を好むが、レースやフレアが付いた甘く可愛い服も見るのは好きである。和哉に可愛いのも似合うと言われたことを思い出し、手に取って体にあててみる。鎖骨上からは黒いレース生地で切りかえしになっている半袖のグレンチェックワンピース。以前までは試着することもなかったのに、店員さんに薦められるまま試着室に入り、勇気を出して購入した。

心が弾んだ足取りで繁華街を歩く。下着屋の明るく柔らかい光は、女性を吸い寄せる魔法がかかっていると思う。淡い水色とラベンダー色を使い、人魚姫をモチーフにしたような装飾のブラセットを購入する。

そうやって歩いて、手には紙袋が四つ。ちょっと散財してしまった。

和哉のことはどうしようか。話すことが沢山ある、はずだ。

今まで、しないで諦めていたことがある。夏海の自覚している悪い癖である。

自分には合わないと、見るだけだったフェミニンなワンピース。着てみたら案外似合うかもと思えた。

高校の頃は、和哉本人に聞かないで恋心に蓋をして逃げた。壊すくらいなら逃げた方がいいと全力で。でも実際はずっと危ういバランスだった。佐奈が言うように、こじれていたのかもしれない。

停滞という心地いい場所から、一歩踏み出したいと思った。


夕方、決意だけを胸に抱きながら帰宅すると、隣家の庭先で和哉が土いじりをしていた。秋冬に備えて新しく苗を植えているようだ。傍らのゴミ袋には整理された葉や茎が大量にまとめられている。

ガーデングローブを嵌《は》めた和哉がふいに顔を上げ、夏海に気付いてしまった。

「あっ夏海おかえり！　ちょっと待って、俺話したいことが――」

「えっ、ま、待って、今日はちょっと、ちょっとちょっと無理なの！　お疲れっ」

夏海は逃げた。

変わりたいと思ったけれど、まだ心の準備ができていない。そんなに簡単には変われないものである。何より和哉を見た途端、エロいことをしている最中の、あの男っぽい眼差しを思い出してしまって無理だ。平常心でいられない。普段はたゆたう水のように優しくおだやかなのに、あのときは獣みたいになる。

大急ぎで玄関に駆け込んでしまった夏海に、和哉はポカーンと立ち尽くした。


それから五日間。平日は仕事で忙しいという名目で、夏海は和哉から逃げた。

――明日！　明日向き合う！　今日は納涼会だってあるし……！

夏海は心の中で和哉に謝る。スマホにメッセージがきても誤魔化し続けた。和哉と何かしら進展か後退が起こり、それを翌日の仕事に持ち越すのも避けたかった。頭の中が仕事どころでなくなるのは確実だから。

ただ、和哉の方も焦れてきている。

昨日の木曜のメッセージが、『土日は仕事じゃないよな？』であった。

文面が〝仕事じゃないよね〟ではなく〝仕事じゃないよな〟になっていることからして、少し、怒っている。幼馴染をやってきた夏海には分かる。〝もう夏海に合わせて待たないから〟と言っている。

――和哉怒らすと怖いんだよ……。

今朝、出勤前に『土日は空いてます……★』と、★マークで誤魔化してみたが逆に苛立たせたかもしれない。

苛立ちといえば、すぐ近くにいるあの人も苛立っている。貧乏ゆすりし、不必要にペン先をコンコンコン机に打っている。今日、先輩の吉住は機嫌が悪い日らしい——よりによって納涼会の日に。

——毎度分かりやす過ぎる……。機嫌が悪いとはいえ、何で会社で苛立ち全面に出すかなぁ。大人なのに……。あれ、ちょっと待って？

夏海は一つの仮説に思い当たった。

——間違いでもいいや。私ももうこの状況面倒くさくて嫌だし。更に機嫌が悪くなった場合は先輩とか部長に任せよう。そうしよう。

「吉住さん、何か嫌なことでもあったんですか？」

夏海は唐突に尋ねた。声が聞こえた周りの数人が驚いている。吉住は首を回し、夏海をむっとした目で見た。

「え、なんで」

「貧乏ゆすりしてますよ。あとさっきからペンを高速で乱打してます」

「えっ、まじ？」

気がつかなかった、といった吉住の反応に、周囲の人間は心の中で突っ込んだ。

『嘘だろ⁉』

「吉住さん、機嫌悪そうなときしてますよ。キーボード叩く音もすごかったり」

やはり自覚症状ではなかったのだ、と思いながら、努めて軽い感じで夏海は言った。まとめて言うなら今である。

「えー……ごめん。気を付けるわー。また教えて」

吉住はあっさりと言った。貧乏ゆすりもノック音も消えている。『俺らの今までの心労はなんだったんだ……吉住よぉ……。原因なんなんだよ……』という外野の心の声が聞こえる。

「了解です。ところで先輩、原因は何です？　もしかして彼女ですか？」

「……女の勘ってすげぇなぁ」

ここでまた『お前に彼女おったんかい！』という心の叫びが聞こえる。

「あれですよ、とりあえず謝罪から始めたらいいんですよ」

「謝ったら済むって思ってんの？　とか言わねぇ？　俺の彼女は多分絶対言う」

「高級チョコレートくらいの貢ぎ物を捧げながらジャンピング土下座して謝りつつ話をちゃんと聞いたら大丈夫じゃないですか。着地がどれだけきれいに決まるかで点数が違います」

「お前それ本気で言ってる？」

「いいえ、半分くらい冗談です」

吉住の機嫌は表面上直っている。以前、夏海にフォローをいれた先輩の水沢が、グッと親指を立てて頷いていた。

いつもこう上手くはいかないだろうけれど、一歩踏み出すことを意識していきたいと思う夏海だった。


そして花金。会社近くの飲み屋の広間を貸し切っての納涼会である。今回、総務部と営業部が合同なので、日頃密接に関わりのない社員も多い。

こういう飲みの場は、嫌いではないが苦手である。夏海は同じ課の水沢にひっついて座り、よく知ったメンバーと大人しく飲んでいた。以前にフォローを入れられて以来、水沢と喋ることは多くなり、仲良くしてもらっている。

周りがビールや日本酒をどんどんあけていくなか、新鮮でぷりっとした刺身の盛り合わせや、素朴に美味しい天ぷらを黙々と食べる。酒は美味しいが失敗だけは全力で回避したいので、二杯目以降はジンジャーエールだ。見た目がビールっぽくて誤魔化しやすいところもある。

しばらくして夏海はお手洗いに立った。スマホを確認すると、和哉からメッセージが入っている。納涼会中ということで、とりあえずスルーだ。

化粧室から出た通路のところで、見たことのある男性二人が夏海に軽く手を上げていた。

「こんばんは。森下さん、だよね？」

このシチュエーション、それとなくデジャヴである。

「こんばんは。えーと、営業の方ですよね……？」

「そうそう！　俺は井上《いのうえ》、こっちが石田《いしだ》。営業一課です。前からさ、総務の方に行くときとか、森下さんのことちょっと気になってたんだよね。ほら、座敷だとテーブル違うからなかなか喋れないじゃん」

――だから、私が席を立ったのを見て動いたの？　それも二人で？

「俺らのテーブルに来なよ。森下さんと喋りたい奴、他にもいるし」

「ええと、あの」

「森下さん、彼氏募集とかしてない？　俺ら独り身結構多くてさー」

アルコールが入っているからか雰囲気に遠慮がない。

「近くで見ても、そこそこ可愛いじゃん」

――そこそこって何だ、そこそこって。近くで見て大丈夫か確認するために来たってことか。

本人は褒め言葉のつもりかもしれないが、侮辱を孕《はら》んだ言いようである。酔っぱらっているせいもあるだろうが。

夏海が出方を考えているところ、予想外の救世主が現れた。

「ハーイそこまでー。俺の可愛い担当後輩にやめてくんね？　何だよお前ら、みっともねーの」

「げっ、吉住」

吉住が男性コンビの肩をボスボスと叩く。お得意のアルカイックスマイル付きだ。

「二人がかりで年下誘って何してんの。怯《おび》えてんじゃんカーワイソー」

「この子お前の担当後輩？　そっちのが可哀想じゃね！？」

「まぁ、これ如きで怯えるような女ではないか。行くぞー森下」

「はぁい。それでは失礼します」

夏海は二人に一礼し、背を向けて歩き出した吉住を追う。残された男達は呆気に取られて二人を見送った。「「はーい……」」

男達から離れたところで、夏海は早足になり吉住の横に並んだ。

「助かりました吉住さん。ありがとうございます」

「どーも。あいつら同期なんだよ。悪い奴らじゃないんだけどな、どうも最近、彼女欲しいって焦ってるみたいで。余計なお世話だった？」

「いいえ、ちょっと怖かったですもん。ヒーローみたいでしたよ吉住さん」

「ふんふん。本音は？」

「めんどくさいなぁローキックできたらいいのになぁ。と思っていたので助かりました」

「俺ねー、お前のそういうところ結構気に入ってるんだよな」

「私も吉住さん嫌いじゃないですよ」

夏海と吉住はなかなかうまくやっているのである。

広間に戻ると、水沢が二人を手招きしていた。

「任務完了よくやった吉住。私達の後輩ちゃんは、そうやすやすと営業部のむさくるしい男衆にはやらん！」

○

和哉にメッセージを返したのは最寄り駅についてからだ。今日は会社の納涼会があることを知っている和哉は、律儀に『駅まで迎えに行く』と言ってくれていた。返信していなかったのでお迎えはない。『大丈夫だよ、ありがと』と送り、自宅へとタイヤを転がす。駅から徒歩十分程度のところなので普段は徒歩だが、今日は帰りが遅くなるかもと思い、有料駐輪場に自転車を置いてきたのだ。

自宅に着くと時刻は夜の十一時。金曜ロードショーも佳境である。汗でべたついた体をすぐにでも洗いたいが、残念ながらお風呂は弟が使っていた。とりあえず服を脱ぎ、和哉が誕生日プレゼントでくれた部屋着のキャミソールドレスをかぶる。スマホを確認すると和哉からのメッセージが『帰宅してる？』とあった。『うん』とだけ返すと、数十秒後に電話がかかってきた。和哉だ。

「どうしたの？」

『窓開けて下見て』

夏海に避けられている。確実に。

嫌な予感は土曜日のときからあった。日曜日、和哉から逃げる様に玄関へと向かった夏海を見て確信に変わった。

——どう考えても、俺が悪い。

話がしたい、と連絡しても『平日は仕事が忙しいからごめんね』と拒否される。土日まで待てばなんとかなりそうな気もするが、日々焦燥感が募る。スマホのメッセージで送るような内容じゃない。面と向かって言わないと齟齬《そご》が生まれてしまうかもしれない。何より直接言いたい。

これまで——幼少期から一緒で、思春期を迎え、高校も大学も偶然同じところに通い、拗《こじ》れながら社会人になって、伝えるよりも先に体を繋いで、本当に、馬鹿だ。

「窓開けて下見て」

『えっ、なに——和哉？』

二階の夏海の部屋の窓が開く。和哉はその下の庭に立っていた。

避けられているのに漫然としていられない。強行突破するしかないのだ。

「『ジュリエットからの手紙』って映画、覚えてる？」

「覚えてる、けど」

一体何を言い出すの、という気持ちが夏海の顔に出ている。贈ったキャミソールドレス一枚の姿は、映画のワンシーンのようだ。

「その他数々の映画でよくあるシーン、俺も見習わないとなって」

「何の話？」

「ロミジュリよろしく、二階にいる愛しい人のもとへ登るやつ」

「はっ？」

夏海の部屋には小さなバルコニーがついてある。和哉は室外機と窓に取り付けられた柵を足場に、余計な物音を立てず庇《ひさし》に飛びつく。ボルダリング用語でダブルダイノだ。頭の中で『ファイト！　いっぱーつ！』と勇ましいスローガンが流れる。体を振らないようなんとか耐え、横揺れがおさまってから片足をあげて庇に引っ掛ける。登りきろうとするところで、ポカンと見ていた夏海が慌てた。

「あっ、危ない！　降りて！　玄関から入って来て！」

「入れてくれる？」

「入れるから!!」

和哉は両手を離し、猫のように着地する。夏海に手を振り、玄関先へと移動した。すぐに玄関のドアが開いて、少し呆れた顔の夏海が立っていた。

「こんばんは。お疲れ」

「……お疲れ。さっき帰ったとこなの。上がって」

「お邪魔します」

「母さん達はリビングで晩酌してる。挨拶はいいよ。何かいる？」

「ううん」

和哉は汚れた手を洗わせてもらい、夏海の部屋に静かに入った。テーブルには本が数冊積んであったり、さっき脱いだであろう服がベッド上にまとめられていたりする。

「プレゼントした服、着てくれてるんだね。やっぱ似合ってる」

先週あんなことをした相手に対してキャミソールドレス一枚は無防備だとも思う。何か羽織られたくないので言わないが。

「……気に入ってるよ」

夏海は丸いクッションを摑み、ベッドに座った。

和哉はその正面の床で正座である。

「――それで、夏海、話があるんだけど」

「ちょっと待って」

夏海が掌を向けて制するので、和哉は待った。

「まず私から言わせてもらう。ええと……」

夏海は視線を彷徨《さまよ》わせ、クッションを抱え込んで和哉から視線をそらす。斜め下のあたりを見ながら、声を絞り出すようにして言った。

「和哉、病気治ったでしょ？　私はもう協力できない。むり」

みぞおちに強烈な右フックをくらったような衝撃に襲われる。

「夏海、おれ」

「私は、和哉のことが、……好きだから、もう、嫌」

和哉はヒュッと息を飲み込んだ。

頭の中が沸騰する。顔に血が上る。

両手で顔を押さえ、前かがみになったところを、夏海が不安げに呼んだ。

「……和哉？」

「俺ってほんとどうしようもない……」

「何が？　って、うわ」

和哉は膝立ちになり、ベッドに座っている夏海の脚の間に強引に入り込んで逃がすまいとする。両者の間にクッションを挟み、夏海を熱く見上げた。

「いつからか分かんないけど、俺、夏海が好きだ。ＥＤっていうのは、本当のこと言うと、半分嘘。夏海とするところ想像して抜いたことがある」

「……えっ、え⁉」

「こんな幼馴染で、こんな男でごめん。先週のことも――ヤるつもりはなかったとは言わない。ずっと夏海としたかった。反省してるけど後悔はしてない。ごめん、本当ごめん。でも許して」

「ちょっと待って、なにこの超展開ついていけない」

「いくらでも待つ。いくらでも待つけど、もう待てない。俺本当に馬鹿だから。夏海が傍にいるのが当たり前だって、ずっと続くって思い込もうとしてた。そんなこと、ないのにな」

そう言って数秒間見つめたあと、夏海の膝にあるクッションに顔をうずめた。和哉の腕は少し震えている。

夏海は和哉の頭をゆるく撫でた。

「……私も、同じようなこと思ってたよ」

和哉が顔を上げる。二人の間にあるクッションを取り払い、夏海の手を掬《すく》うように取った。

「ずっと、一生、俺のとなりにいてくれませんか」

騎士が主に忠誠を誓うような真摯さで、王子が姫に愛を乞うような熱情で、和哉は夏海に問うた。

夏海は泣きそうな顔をしていた。

「いいよ。和哉のとなりにいる。一生、ずっと」

和哉は夏海の手をぎゅっと握りしめると、立ち上がって夏海をベッドに押し倒す。「え」と間の抜けた声を出した夏海に、「誓いのキス」だと囁《ささや》いて口づけた。

最初は互いの唇を合わせるだけの軽いキス。和哉の片手がベッドの上を彷徨い、夏海の手を見つけると、シーツに縫い留めるように指を絡めた。口づけの角度を変え、浅く深く

啄《ついば》む。夏海の唇があいたところで、遠慮がちに舌をもぐりこませる。夏海の体がびくっと反応したが、拒絶はなかったことを返事とし、和哉は夏海を堪能する。唇を、歯列を、歯茎を、その舌を、思い思いに味わう。どちらの息なのか唾液なのか分からない。

少し腫れぼったくなった夏海の唇を、和哉は惜しみながら離した。

二人、見合わせて、どちらかともなく笑った。

「すごい。映画みたい」

「俺もそう思った」

和哉が額をコツンと合わせ、再度のキスをねだる。夏海は目を瞑り、自ら唇を合わせにいった。

ベッドのスプリングが軋《きし》む音がする。ただ夢中でキスをしていた。

するりと、和哉の片手がキャミソールドレスの裾をめくり、膝から太腿へと撫で上げる。そのまま上へと進んでいき――夏海が慌てた。

「ちょっ！　和哉、ストップ！」

「指だけ」

「何その〝先っぽだけ〟論。駄目駄目駄目お母さん達いるんですけどー？」

「先っぽだけで終わるわけがないっていうアレね。大丈夫、俺は脱がないし、夏海の服も脱がさないでするから」

「全然大丈夫じゃないっ。お風呂も入ってないもん、絶対却下！」

無論、他の住民にバレないよう小声の言い争いである。

「いやでも夏海が可愛いじゃん……」

「えっ、ありがと……って理由になってなくない？」

その間も和哉の手は夏海の脚の間やお尻を行き来し、撫でたり揉んだりしている。赤くなって上擦った声を出す夏海の反応が珍しく、可愛らしい。

「駄目？」

「駄目に決まって……」

『コンコンコーン！』

部屋のドアがリズムよく叩きつけられるようにノックされた。五秒後、カチャリと顔だけ出せる幅が開く。夏海の弟の、柊である。髪は濡れて雫が落ち、首にタオルを巻いている湯上りだ。

「……不自然。誤魔化せてないよあんた達」

夏海と和哉は、軍隊で起床ベルが鳴ったときの動きよろしく、サッと定位置についていた。夏海はベッドの上でごろんとしながら雑誌を開き、和哉は床に座って漫画本を読んでいる。

「え、何が？」

夏海は平然と返している。しかし多分、和哉と同じく心臓はバックバクであろう。

「……イチャつくのはいいけど、俺がいないときにして」

「……了解」と言ったのは和哉である。

「なに、やっぱ付き合ってんじゃん二人とも。皆に言わないの？　喜びそうだけどあの人達《両親》」

報告した場合を想像したのか、夏海は顔を引きつらせている。和哉と同じことを考えたのだろう。てんやわんやの大騒ぎになって冷やかされるに決まっている。

「しばらく内緒にしてて」

「はいはい」

柊はひらひらと手を振ってドアを閉める。和哉と夏海が思わずふっと息をついた瞬間、もう一度ドアが開いた。

「あと言い忘れた。ようやく付き合ったんならさ、ずっと仲良くしててよね」

それだけ言って、柊は今度こそ立ち去った。夏海は唖然《あぜん》とした表情だ。

「……柊君、どこまで知ってんの？」

「なんにも知らないはずですけど。勘が鋭いのかな……やだな……」

「姉弟ってすごいなー。……さて夏海さん、続き俺の部屋でしよう」

「しませんけど？」

「あ、駄目だ。今日は親いるわ」

「だからしないって。人の話聞いてる？　ねぇ聞いてる？」

○

翌日の土曜日、お昼過ぎ。夏海は最寄り駅の改札前にいた。

一張羅の白いリネンワンピース、歩きやすい革サンダルに、青と白で統一したブレスレットと揺れるピアス。ノースリーブのワンピースはスカート部分がふんわりとしたフレアになっていて、膝が隠れるくらいの長さ。革製のショルダー鞄を肩にかけ、ショールを手に持っている。ペディキュアは美味しそうなチョコレート色。

外で待ち合わせて、和哉と映画館へ行く予定である。

昨日のあの後、和哉がデートに行こうと言った。水族館や手作り体験等が候補に挙がったが、まだまだ暑いため夏海は映画館を選択したのだ。

「デート、初めてだな」と和哉は楽しそうに言った。

デート。これはデート。

二人で待ち合わせてどこかに行くというのは初めてだ。いつも夏海の家か和哉の家でごろごろして完結していたから。

約束は午後で余裕はあるのに早起きして、あれでもないこれでもないと服やアクセサリーを選び、ペディキュアを塗り直し、丁寧に化粧をして、髪のセットにワックスも使った。なかなかしない編み込みアレンジは何度もやり直した。

浮足立っている。

待ち合わせも約束の十五分前に着いてしまい、夏海は鞄から文庫を取り出して待っていた。

「やっぱり夏海早かった！　待った？」

文庫を開いて数ページも進まないうちに和哉が来た。時計の長針は一つか二つしか動いていない。

和哉は急ぎ足で来たようだ。胸ポケットが水色の市松模様になっている白地のＴシャツ、インディゴブルーのジーンズに、黒地のスニーカーと紺色のボディバッグ。とてもシンプルで、とても爽やかに似合っている。

「……和哉ってモデルみたいだよねー……」

「褒めてくれてる？」

うん、と頷くと、和哉がはにかむ。可愛かった。

「いつもの格好も似合うけど、今日みたいな格好も可愛い。デートって感じだ」

うきうきした声で言う和哉に夏海は頷いて、顔を隠すように下を向いた。

何だか照れる。

「……和哉は、何着ても似合うけど、そーいうシンプルなのも好き。今日も格好いいよ」

「あ、ありがと」

夏海が珍しく正直に言うと、和哉も照れたように頬をかき、下を向いた。

地に足がついてないような、ぎこちなく生温かい沈黙が下りる。

春の陽だまりのような笑みで、二人は改札を抜ける。

「夏海、行こう」

休日の映画館は流石に混んでおり、チケット売り場には行列ができていた。映画好きの和哉はよく分かっていて既にネットで購入してあり、自動券売機で当日券に引き換えるだけで済む。観るのは評判の良いラブコメアクションの洋画である。夏海の好みに合わせたと言えよう。

映画開場までの空いた時間は服や雑貨のショップを巡った。和哉が普段どこで服を買うのか初めて知ったし、彼氏彼女然として歩く場合周りからどう見られるかを知った。

和哉、視線が集まる集まる。

和哉の目の引きようといったら学生時代を思い出すばかりである。あの人カッコイイな、イケメンだな、とぽーっと見られている感じ。

和哉は平然としているが、これが通常運転ならばイケメンも大変だなぁと夏海は思うのであった。

映画はスカッと楽しいデートに最適なエンターテインメントで、文句なく面白かった。夏海も和哉も劇場では飲食しない派であり、集中して観る。主人公達の甘いラブシーンで、互いの指が絡んだり――することはない。流石ハリウッド、キスがエロい――など、夏海は真剣に考えている。

映画の後はショッピングセンター内のカフェに寄った。夏海は冷房で体が冷えてしまったのでキャラメルラテ、和哉はアイスコーヒーだ。

「すごいデートっぽい」

「俺も。なんか新鮮」

互いの感想がこれだった。

映画の話題は周りへのネタバレが憚《はばか》られるので、今日これからの予定を決める。食材の用意があると言うので、夕食は和哉の家で作ることにした。今晩は両親ともいないらしい。

「あー、それとさ……」和哉が、やや下を見ながら切り出す。「この店出たら、手、つながない？」

一拍置いて、夏海は二度小さく首を縦に振った。

横のテーブルに座っていた女性はＳＮＳアプリを起動して『横のカップル同世代なのに初々しくてムズムズするｗ』と呟いていた。

自宅近くまで手を繋《つな》いで歩いた。手を繋ぐのは小学校低学年以来だろうか。つないだところが温かくて柔らかくて、そわそわした。和哉は何度か手を外し、服で手汗を拭っていた。その仕草が可愛いなと夏海は笑った。

時刻は十七時を回っている。和哉の家に上がり、早速料理にとりかかる。エプロンは和哉のものを借りた。

和哉が食材や鍋等を用意し湯を沸かしている間に、夏海は渡された人参、玉ねぎ、じゃがいもにキャベツとベーコンを角切りしていく。和哉がガーリックプレスでつぶした大蒜《にんにく》をオリーブオイルで炒め、いい香りがしてきたら切った野菜をどんどん炒める。水とホールトマト缶、コンソメを加えて煮込む。夏海はペンネを茹《ゆ》で、たらこの皮をむいておく。

和哉がフライパンにバターと小麦粉を入れて熱し、牛乳を注いでホワイトソースを作っていく。夏海がその方法で作ると間違いなくダマだらけになるので、魔法のように仕上がっていくソースを感嘆して眺めていた。そこにたらこを入れて混ぜ、塩加減を味見してコンソメ顆粒を少し足す。茹で上がったペンネを加え、胡椒《こしょう》で味を調えればでき上がり。野菜たっぷりのミネストローネも完成だ。

「二人で作ると早いね。いただきます」

「うん。いただきます」

手順は簡単なのに、たらことホワイトソースが絶妙に絡んだペンネは驚く程美味しい。ミネストローネは多めに作り、明日に帰って来る和哉の両親分を残してある。美味しく作れているので喜んでくれるだろう。

美味しいねと言い合い、映画の感想を話した。和哉は監督の前作がどうのという話もするが、洋画の映画監督なんて夏海には分からない。ほんとに映画が好きなのだなぁ、と思いながら聞いておく。

食べ終わって後片付けをし、疲れた体をソファに預ける。L字型ソファの斜め前に座った和哉がＴＶを点け、土曜日のゴールデンタイム、バラエティ番組のチャンネルをまわす。しかし見る番組が定まらない。

「なつみー……そろそろイチャつきたいんだけど、いいですか」

「なにその許可制」

「いやもうようやく付き合うことになれたけど、今までが今までだろ？　俺の家も部屋も数えきれないほど来てるし一緒にいるし！　恋人っぽいあれこれの、どうやってタイミングつかめばいいか、分からない！」

それは夏海も同じであった。

「そんなの、いつだってウェルカムだけど……だったら何で、和哉そっち座ってんの」

夏海は自分が座っている場所の横を、ポンポンと叩く。元より隣に座ってくるものだと思っていたのだ。

ピョコン！　と犬の耳が立ったように和哉は目を輝かせ、夏海の隣にやってくる。座らずに片膝をソファに乗り上げて、真横から夏海の肩に両腕を回す。そのまま夏海の体をソファに押し倒した。

覆いかぶさってくる和哉を、夏海は抵抗なく見つめ――ハッとして掌を突き出した。

「待って、駄目だ。さっきニンニク食べた」

「二人とも同じもん食べてるんだから気にならない気にならない」

「いや私は気になる――んむ」

和哉は遠慮がない。優しくも乱暴でもない。当たり前だとか当然だとか、こうやって然るべきだとか、そういう所有欲にまみれた口づけだった。

「続きがしたい」

「流石にシャワー浴びたい」

熱っぽく臨戦態勢に入っている和哉に、夏海は抵抗を示す。こういう目的で和哉の家のお風呂場を使うのは気が引けるが、家に帰ってシャワー浴びてまたこっちに来るというのは、家族に疑心の目で見られてしまう。別にバレてもいいのだが、気恥ずかしいやら面倒くさいやらなのである。

「じゃあ一緒に浴びる？」

「NO！」

「それじゃーこのまま俺の部屋に行」

「NON！」

和哉は困った顔になった。子犬がくーんと鳴いているような。

いや違う。自分の顔立ちの良さを分かったうえで、あざと可愛い顔を演出している。

「俺さ……思春期の頃、周りに比べて全然性欲なかったんだよな。そういうタイプだと思ってた。けどまあ覚醒？　っていうか遅れてやってきたっていうか、あの頃の分が一挙に押し寄せてやってきてる感じで……」

「簡単に言うと？」

「もう我慢できない」

さっきまでの甘いキスの雰囲気はどこかへ行った。呆れた顔をする夏海に和哉は呟く。

「先週お預けくらっただろ？」お預けも何もＴＰＯを考えろと思う。

「このまますするか、ちゃちゃっとシャワー浴びてするか、どっち？」

和哉は夏海の顔の左右に手を着いて身動きできないようにさせ、二択を迫る。第三の選択はあり得ない気迫がある。いつもは物腰柔らかく穏やかであるのに、こういう場面で強引さを出すとは。格好いいような、残念のような。

「……お風呂かりまーす……」

「じゃあ一緒に」

「それは断固拒否でーす」


まず和哉の部屋に行き、ピアス等のアクセサリーを外す。その間に和哉はバスタオルを用意してくれている。

こういう流れでシャワーに向かうとなると、今からヤります！　感が強くて少し微妙である。けれどもイイ雰囲気の流れでセックスに持ち込むのは――洋画だとよくよくあるシーンだが――衛生的に夏海は御免であった。和哉は気にしないようだが、夏海は気にする。半日外を歩いてきたのでどこもかしこも汗でベトベト、九月とは言えまだ夏だ。

戻ってきた和哉からバスタオルを受け取り、素早くシャワーを済ます。洗うのは体だけでいいだろう。ボディソープが三種類あって何を使って良いのか迷ったが、一番和哉の匂いに近そうな見た目のボトルにした。パッケージがグリーンの色合いのもので、ハーブのような爽やかさとほんのり甘い香りが立つ。多分ビンゴである。

借りたバスタオルを開くと、紺色の布がとさりと落ちた。和哉がよく着ているライブTシャツである。ワンピース代わりに着たら良いとの配慮かもしれない。せっかく洗ったところなので下着はナシ、Tシャツだけかぶることにした。丈は太腿まで隠れ、際どいところが見えそうで見えない。大きく伸びをするとチラリと見える。もしやこれを計算して渡してくれたのだろうかと疑う。

素肌にまとうTシャツには和哉の匂いが染み付いていた。

「シャワー借りてきたよ。バスタオルとTシャツありがと」

「……おお」

部屋を粘着コロコロクリーナーで掃除していた和哉が直立し、夏海の上から下までを眺めて拳をグッと握った。「これが彼T！」

「……和哉もシャワーどうぞ」

「それじゃあ行ってくる」と部屋を出て行こうとした和哉が、ふと足を止めた。振り向いて、何して待っていようかと突っ立っていた夏海を見つめる。

「帰んないでね？」

そんな心配をしているのかと夏海は内心驚いた。急いで二回頷く。

和哉が部屋を出て行き、一人残されると急に気恥ずかしくなった。何を今更なことを散々やってきているのだが、いかにも本番するためのシャワー待ちです！　という状況がソワソワする。

ベッドに寝転がり、新しく登場しているブラウンの肌掛け布団を抱き枕の様にして抱きしめる。おろしたばかりなのか、和哉の匂いはまだ薄い。目を閉じてゆっくり息を吸う。

今日のデートは楽しかった。お互いの家で過ごすよりも少し緊張したのが新鮮だった。初めて手をつなぐとき、隣に立った夏海をおずおず見つめてからそろりと手を差し出したのがおかしかった。全然スマートじゃない。自慰行為している最中に部屋に乱入してきた奴と同一人物とは思えない。

思い出してくすっと笑う。

そのまま寝ころんでいると、夏海は知らないうちにまどろんでいた。

和哉は、黒のバスケットパンツを履き、上半身は裸のままでバスタオルを首に巻くという出で立ちで部屋に戻った。緊張と興奮で胸はときめいている。まず目に入ったのは、ベッドで寝ころんでいる夏海の姿だ。上手いこと両脚で布団を挟んでいるため、ちらリズムが炸裂《さくれつ》している。

ところが、和哉が部屋に入ってきても夏海は動かない。まさかと思って近づいて顔を覗き込んでみると目を閉じている。

「まっ……さか、このタイミングで眠る……？　普通、眠れるか⁉」

和哉の声に反応したのか、夏海の閉じた瞼《まぶた》が震えた。

「……」

そのまま再度眠りに入ろうとしている夏海を見下ろし、和哉はベッドに潜り込んだ。夏海の背中側から抱きしめてみる。

「んん……？　あれっ、寝てた？」

「このタイミングで眠るって、もう逆にすげぇよ……」

「ははは……ごめん」

和哉はそのまま無言で抱きしめる力を強くする。

「和哉の匂いって安心するから、つい眠くなるんだよね。知ってた？」

「ふうん。じゃあ、許す」

和哉は腕の拘束を外し、夏海に覆いかぶさるような体勢に変えた。左手を夏海の顔の横に着き、右手の親指でその頬を撫でる。夏海は落ち着きなく目を左右にきょろきょろとさせた。

「ええと、もう、その、する？」

夏海に返事はせず、唇を奪う。角度を変えながら啄み、舌を絡めていく。夏海もそれに応えるように舌を絡めてきた。

そこまで経験のない二人の模索するような濃厚な口づけは、楽しくて、自由で、甘かった。二人の体に熱が灯る。

　糸を引きながら離した夏海の唇は、ぽってり赤く、ぬらりと光っている。満足気に笑った和哉はそこから首筋にキスを落としつつ、夏海のTシャツの裾に手をかける。引っ張り上げようとしたとき、夏海の手がそれを阻止した。

「ままま待って。明かり消して」

「……つけたままがいい」

　和哉が真剣な——普段は見せないような気迫のある——表情をして言った。

「……今度にしよ？」

「分かった。今度、約束な？」

　和哉はにっこり笑った。言質は取ったぞ、と顔が言っている。引き際の良さから、最初からそのつもりだったのでは、と気付こうが後の祭りである。

　和哉が部屋のシーリングライトをおやすみモードに変え、橙色《だいだい》の小さな豆電球が一つ灯されているような状態になった。暗くはあるが十分見える。でも煌々と照らされているよりマシであろう。

　和哉が夏海の服を脱がしにかかる。Tシャツ一枚するんと剝くと、一糸纏《まと》わぬ姿になる。小さな灯りのもと、もう一度夏海を押し倒し直した和哉は、その体をじっくり眺めた。

「……そんなに、熱烈に、見ないで欲しいんだけど」

「え、だめ？」

「駄目じゃないんだけど〜分かるでしょ〜⁉」

「好きなんだから見たいし、そうやって恥じらう夏海も見たいから、仕方ないだろ」

「和哉ってさぁ、和哉ってさぁ！　そういうことをスラッと言うよね！　昔からさぁ！」

「えーと、どういうこと？」

和哉が夏海の両肩を押さえつけて固定し、乳房をべろりと舐める。そのまま柔らかく食みながら、片手をなめらかに滑らせてもう片方の胸を包む。揉んで、舐めて、摘んで、齧って、揺らして、焦らしながら舌を這わせ、夏海から懇願してくるようにさせる。

夏海は、もっと愛撫して欲しいと示すように背中を反らせ胸を突き出した。

「可愛い」と和哉の掠《かす》れた声の呟きに、

「黙って……！」と夏海は絞り出すように言った。

心の底から可愛いと思って言っているのにな、と和哉は心の中で呟く。顔を真っ赤にした夏海を下から覗いて、充足感を覚える。

夏海の期待に舌と手で応える。胸の先の尖りを舌で転がしながら、片手を太腿に滑らせた。撫で上げながら、脚の間を親指で探る。夏海は既に蕩《とろ》け始め、少し触れるだけでぬるりとした感触がある。

和哉は位置を変えて脚の方に下りた。太腿をゆっくりさすりながら、その付け根あたりを舐め始める。蜜口付近に触れそうで、触れない。そのうち夏海がぴくりと震え、小さい声で喘《あえ》いだ。

「かずやぁ……」

和哉は何も言わず、蜜口のあたりに進む。確認するように舐め上げた後は、周りからじっくり焦らしながら愛撫した。散々愛され、赤く硬くなった花芽は最高級の果実を扱うように優しく繊細に攻めていく。

次第に指も参戦し、マッサージをするように撫でたり、優しくいたぶったり、なかを押し広げていく。

あまりに集中して夏海のそこから離れそうにない和哉に、夏海が声を上げた。

「はぁ……。まって、いっちゃうから！」

「いってほしくてしてるよ」

「き、今日はまだいきたくないの。……和哉のもなめたいし」

夏海は恥ずかし気にもしっかり言った。和哉はがばりと顔を上げる。

「……是非とも、今度、してもらいたい、です」

「今じゃなくて？」

「なぜなら……。……夏海にしてもらうとか想像したら、すぐ出ちゃいそうだから。そしたらもう勃たなくなるかもしれないから」

「私は別にそれでもいいけど」

「俺が嫌。今日は夏海と最後までする。これ絶対」

本人が半分嘘だと言ったＥＤは、半分は本当なのだ。出しちゃったら二回目なんて到底無理――そもそも一回だってまだ自信がない。

「それじゃあ……もういれて……ほしいな……」

小さく尻すぼみに言った夏海の言葉でも、しっかり和哉の耳に入った。

しかし。

「ええと、なんて？　もっかい言って？」

「……」

「夏海？」

和哉が期待に満ちた目をしているのが分かったのか、夏海は上半身を起こした。キョトンとした和哉をぐいぐい押し、攻守逆転、ベッドに押し倒した。そしてバスケットパンツとトランクス両方のゴム部分に指を差し入れ、両手で一気に引き下ろそうとした。勿論うまく脱がせず引っかかってしまうが、夏海のやろうとしていることは分かる。

「ちょっと待って、うまく脱げない脱げない」

和哉が手伝って、二枚一緒くたに脱げたものを夏海がベッド下に放る。元気よく勃起したものがボロンと出ると、躊躇なく手で握られた。

「えっ」

乙女のような声を出したのは和哉だ。

夏海は遠慮なく手を上下に動かし、屹立《きつりつ》したものを擦る。いわゆるピストン運動というやつで――

「待って待って待ってごめんってちょっと聞きたかっただけだっていやでも聞きたいって思っちゃうだろ可愛いんだから、って、ちょ、やめ、やめてやめてやめて」

「……気持ちよくない？　痛い？」

「気持ちいいです、その心配そうな上目遣いもかなりいいです、でもこれ続けるとマジで出ちゃうかもだから今日はこのへんで終わってくれませんか、あーっ、やめてやめて」

夏海は握っていた手を離し、恥骨に両掌を当ててお腹の方へとすべらせた。和哉がふるりと震える。

「このまま、はいるかな」

「……え」

「いーい？」

「そりゃ願ってもない……あっ、ゴム！」

夏海の気が変わらないようにと、和哉は急いでベッド上に置いておいたポーチからコンドームを取り出す。封を切って、暗闇に慣れた目で裏表を見分け、装着した。それをじっくり見ていた夏海が「次は私がつけてみてもいい？」と興味津々に言いながら、和哉をベッドに倒し直す。

夏海は和哉の上を跨ぎ、自分の蜜口に和哉のモノを押し当てた。そのまま腰を下ろすが、ぬるりと滑って失敗する。

もう一度、和哉のモノを手で支えながら自分のナカにいれようとするが、またもぬるりと滑り、逸れてしまう。

和哉はその一挙手一投足を見逃すまいとしている。〃部屋の明かりが全灯であれば……！〃と心の底から思っていた。

「んん～はいいんない～」

「この焦らしプレイは何？　天然？　天然でやってんの？」

「ああでもこれちょっと気持ちいいかも……」

膨れ上がった和哉の先端で、夏海は自分の花芽をこする。

「サービスなのか、焦らしSっ気なのか、どっち!?」

早く夏海のなかに挿入したい、と和哉は夏海の腰を摑んだ。夏海は笑っている。

「なあに？　早くいれて欲しいの？」

「あっ、Sの方だな？」

「どっちでもいいじゃん。ねえねえどうなの」

夏海は腰をホールドされながらも、誘うように腰を揺らす。その度に、和哉の屹立したものが蜜口周囲に触れ、すべり、揺れる。

「うわぁ最高だなこれ」

思わずこぼした言葉に夏海は目を細めた。「どのへんが？」

「えーっと、視覚的に？」

和哉が自分の方へと誘導する。蜜口に自分のモノを当て、手を添えながら引き寄せた。

「あ、ちょっと待って、はやい……」

夏海は和哉の胸に両手を着いて、少しずつ腰を落としていく。ふるふると震え、苦し気でありながら蕩けそうな息を吐く。「ふっ……もうすこし……」

半分以上入ると、あとは夏海に任せて、和哉は震える脚や腰を撫でていた。

「はぁ……奥まで入った？　すごい、圧迫感」

夏海の腰が最後まで沈み、和哉のモノをぴったりと根本から咥《くわ》え込んでいる。

「苦しい？」

「んーん。でも、もうちょっと待ってね」


心配そうな和哉に、夏海はふわりと笑った。慣れるまで、引き締まった腹筋をなぞっていると、和哉の手が夏海の乳房に伸び、ふにふにと触り始める。ぷるんと揺らすようにしたり、硬くなった胸の尖りを軽く摘んだりして遊ぶので、夏海も仕返しに和哉の乳首を抓《つね》った。ぴくん！　と和哉の下半身が反応した。夏海もそろそろ慣れてきた頃合いだ。

「正解が分からないから、痛かったりしたら教えて欲しい」

ゴクリと唾を飲みながら頷いた和哉の胸に手を置いて、腰を動かす。手探り状態で前後に動いたり、円を描くようにしたり。和哉は痛くないだろうかと都度確認しているが、彼は何とも言えない表情をしている。

「もしかして、いたい？」

「全然。すごく、いいです」

夏海も、自分の好きなように動けるので内心この体勢が気に入っていた。ただ、まだ少し動きにくく感じる。

――ちょっと恥ずかしいけど……。

夏海は座り方を変えた。膝を立ててしゃがむように座る――こうするとすごく動きやすいが、繋がっている部分とかモロモロが和哉に丸見えである。和哉も一瞬息をのんだ。

夏海が手を伸ばすと、和哉が支えるようにしっかりと手を握ってきた。

夏海は先程よりも大胆に動く。前後左右に、そして上下に。次第に二人の擦れ合う水音も大きくなり、室内にみだらに響く。

「あ、……あんっ、ふっ……」

羞恥よりも快楽を拾い始めた夏海の体は、和哉には凄まじく煽情《せんじょう》的に映っていた。

「夏海、ちょっと、もたれかかってきて」

「ええ？」

夢中にのめり込もうとしている夏海の意識をひっぱるが如く、和哉は繋いだ手で引き寄せる。夏海が和哉の頭の横に両手を着く、四つん這いで覆いかぶさっているような状態になった。そこから和哉は夏海の体の位置を微調整し、背中を反らせるようにして胸を突き出させる。和哉の方に向かって揺れる乳房を揉みしだき、懲らしめるようにピンク色の尖りを苛めた。

「ひゃん」

そして夏海のお尻を摑み、自身の猛りを引き抜いてから再度、下から奥まで一度に突き上げる。

「そうやってぴくっと震えるの、かわいい、な」

夏海のなかに、何度も何度も突き立てる。じゅぷりじゅぷりと空気を孕んだ水音、耐え切れなくなった夏海の喘ぎ声が響く。

「はぁ、あ、あっ……あん……っ」

いつもは優しい和哉の瞳に、獰猛《どうもう》な光がゆらめいている。

「だ、大丈夫？　痛くない？」

「だいじょうぶ……き、きもち、いい。もっと……っ」

わずかに残っていた冷静さが吹き飛び、激しさが増す。もう本能の欲するまま、夏海と和哉は繋がり、その躰《からだ》をもって愛して、癒して、高みへと昇っていく。

二人の間にあったものは、友情であり、親愛であり、愛情だった。

愛して、愛して、愛してきた。

夏海が和哉へと倒れ込み、二人の体が密着する。和哉に突かれ揺らされながら、その首元に唇を寄せた。

「いきそう……」

「俺も」

和哉が、夏海のいいところを集中的に突く。甘い息を吐いていた夏海がぎゅっとしがみつき、体を緊張させる。和哉が奥深くまで穿つと、きゅうきゅうと締め付けた。絡みつくような痙攣《けいれん》に和哉も我慢を解いて果てる。

しばらく、二人は重なった状態で脱力していた。

夏海がゆるゆると顔を上げると、和哉がその頰を両手で包み、引き寄せてキスをした。

まだ繫がったまま、和哉に倒れ込んで夏海が話す。

「こういうとき、何て言うのが正解なんだろ」

「最高だった、とか？」

「またしようね、とか？」

「夏海って、どこかでスイッチ入るとエロエロモードになるよな、とか？」

「……え？」

聞き捨てならない、と夏海は上半身を起こして和哉の頰を左右から引っ張る。照れ隠しが入っているのは和哉も気付いている。

「……駄目かなぁ」

「恥じらいからのエロモード、俺にとっては、最高」

夏海は嬉しいのと恥ずかしいのとで、和哉の両乳首を抓ることにした。

「痛っ。今度は、夏海が持ってる大人の玩具達もみせてほしい」

「持ってないよそんなもの」

「嘘をつくな嘘を」

　勿論、真っ赤な嘘である。

「それでさ……これ、抜いていいかな？」

「ん？　これってどれのこと？　ちゃんと言葉にして言ってくれないと分かんな、あッ」

　夏海は会話の途中で腰を上げ、和哉のシンボルをずるりと抜いた。和哉の言っていることについては無視である。座ろうとしたが何かに気付き、そのまま膝立ちになる。

「なんだかもう、そこらじゅう、ぬるぬるしてる。ごめん、和哉」

　和哉のベッドには、二人の行為の跡があった。夏海は申し訳なさそうに目を落とす。

「何言ってんの？　夏海のでしょ。こんなのご褒美」

「……は？」

「俺の匂いが混じってるのが残念だけど、記念すべき寝具」

「……たまに和哉が訳分かんない」

　これ以上の深追いは危険だと判断した。

　和哉が用意していたウェットティッシュやタオルで体を拭き、シャワーで一緒に軽く体を洗うことになった。

「お風呂は明かりついててもオッケーなんだね」

「あんまり見ないで」

　和哉の引き締まっている体は見るに値するが、対して夏海はどうだろう。スレンダーでカッコイイ訳でもなければ、出るとこが出たグラマラスな訳でもない。成長期を超えても胸って増えるのだろうか、バストアップ運動は本当に効果があるのか、ここはもう胸は諦めてお尻トレーニングに集中したらいいのだろうか……。夏海は割と本気で悩みながら、熱いシャワーを和哉に向けた。

　バスタオルを体に巻いて部屋に戻り、夏海が元の服に着直そうとすると、和哉が問答無用に自分のTシャツを頭からかぶせた。

「もうちょっとゴロゴロしよ」

「ん～じゃあ、もうちょっと」

　夏海が了承すると、和哉がその体をそっとベッドへ倒し、横向きに寝ころんだ夏海の体を背後から抱きしめる。夏海の服が皺《しわ》にならないようにと、和哉の配慮だろう。夏海は下着の上に彼Tの格好で、和哉は上半身裸でバスケットパンツのみである。

　和哉はギュウウウと夏海を抱きしめ、満足そうに大きな息を吐いた。

「しあわせだ～。これが、しあわせ……」

「私も幸せ～」

「ん。俺ね、夏海のこと、ほんとに好きだよ」

「うん」

「大学の頃ようやく気付いたけど、多分、ずっと前から――もう一緒にいすぎて分かんないけど、好きだったよ」

「……うん」

「寛容だけど肝心なところでは芯が強いとことか、何でか自分に自信がないとこも可愛いって思うし、あと、俺には特別甘いところも」

「特別甘い自覚はあったのか」

「俺、爽やかだの何だの有難いことに言われてきたけど、実際はそうたいしたものじゃないだろ。優しいって言ってくれるのも、優しくしたいと思ってしているのは夏海に対してだけだって気づいたんだよね。結構冷たい人間かもしれない。こうやって、夏海と一緒にいるときが、何の飾りもない〝俺〟だって思う。一番、落ち着いて、満たされる……」

夏海は一呼吸おいて、空気に溶け込んでいくような声で言った。「……そう」

「重い？」

「ううん」

夏海は和哉の拘束を解いて、ころんと和哉の方を向いた。寝ころんで向かい合う和哉の胸に、自分の掌を添える。

「私はね、和哉は無垢で、何に対してもフラットで、自由なんだって感じる。たまに眩しいくらい。和哉の性質は、そもそもが優しいよ。私といるときに幸せを感じてくれるのは、嬉しい。私も、和哉といるときが一番安心する」

「ありがと。……なんか、照れる、こういうの」

「ついでに言うけど、私、高校の頃和哉に失恋したって思ってたから」

「……はっ？」

「あのとき告っても駄目だっただろうし。今となっては良かったのかな、ううーん」

「えっ？　ちょっと待って、そんなことあった？　ないよな。でも待てよ、夏海が俺と距離をおいてたような時があったのは、それ？　それが原因？」

「一つ告白したし、帰ろうかな」

「待って、俺の方は解決してない。夏海さん、夏海さん⁉」

夏海はニンマリ笑って和哉に覆いかぶさり、唇でその口を塞いだ。

「教えてあげない」

「夏海さんったら、イケメンのやりくち……！」

エピローグ　人はこれを蛇足と呼ぶ

壁に打ち付けられた色とりどりのホールド。床はオレンジ色のクッションマット。外の通りが丸見えの、一面ガラス張りの窓からは太陽の光が燦燦《さんさん》と降り注ぐ。目の前にはそびえ立つ八メートルの壁。ハーネスを使わねばならないこの壁は、現在未使用である。

その場所に、苦笑いにも見える微笑みの夏海、余裕のある雰囲気で涼しげに笑っている和哉、好奇心とわずかばかりの敵対心を隠さない薪、訝《いぶか》しげな表情の佐奈がいた。

一応この集いの主催者である夏海が音頭を取ってそれぞれを紹介する。

「こちら、幼馴染で彼氏の澤村和哉。そしてこの男は大学サークル同期の薪真一。そして友人の高橋佐奈ちゃんです」

この中で初対面なのは薪と佐奈である。

さて、どうしてこんなことになったのか。

まず、佐奈が夏海に『じゃ、澤村君と会わせて』と言った。夏海が和哉のことを報告した電話でのことである。『おめでと～。まぁこうならなかったら、澤村君一発殴ろうと思ってたけど』とも言っていた。断れる訳がない。

　和哉とデートした翌日の日曜日、薪にも報告した。ＳＮＳの返信は早かった。『俺、彼氏君にちゃんと会ってみたい』ときたので、夏海は『なんで。むり』と即返答した。しかし会いたい会いたいと五月蠅《うるさ》いので和哉に言ってみたところ、和哉はケロリと「いいんじゃない」と言うので、夏海は四人まとめて会わせることにしたのだ。

　佐奈は最初嫌だと言ったが、薪が大学時代の元カレなのだと知ると乗り気になった。和哉は内心どう思って今日来てくれたのだろう。面倒くさいことこの上ない案件なのに。

　夏海に続いて和哉が言った。

「高橋さん久しぶり。改めて初めまして、薪君」

　佐奈は片手を挙げる形で挨拶に応える。薪はニカリと笑った。

「厳密に言うと初めてじゃないけどな……初めまして澤村君、俺と会うてくれてありがとう。やっぱ、えらいイケメンやなぁ」

　薪の方が少し背が高いため、見下ろすようなかたちで言う。態度も好戦的である。

「……どうも」

　和哉は若干警戒しながら軽く会釈を返した。

「改めまして、なっちゃんの元彼、薪真一です。なっちゃんの初めての彼氏、そう、なっちゃんにとって俺は一生初めてのおとこ」

　最後の言葉を言うが早いか、夏海は躊躇なく薪の脛にローキックをかまし、初対面の筈の佐奈は脇腹に肘鉄をぶちかました。

「あんたはいつも一言多い！　いまのは私も流石に流せない！」と二発目も辞さない夏海。

「あなたその顔とキャラで許されてきたのかもしれないけど、私は許せないからね～？」

佐奈は横からジト目で睨んでいる。初対面だろうが関係ない。

「うぉ……結構痛いでコレ……」

「「自業自得」」

和哉は女二人の容赦ない連携に目をぱちくりさせていた。

そして三人それぞれが和哉の方を窺うように見た。気分を害していないか、敵意を持たれていないか、怒らないか。

和哉はにこりと笑った。その笑顔は曇りなく爽やかだ。

「俺は夏海の最後の男になるから、いい」

「「「……」」」

三人の間で時が止まったような沈黙が下りた。続いて夏海は赤面し、膝を抱えて座り込む。佐奈は呆れたような顔になり、薪は口を半開きにして気が抜けている。

「……なっちゃん、めっちゃかっこいいやん、この人」

「澤村君さぁ、そういうの、も～～～っと前からちゃんと出してくれればさ……」

今までこんなに拗れなかったのに、と佐奈が呟くように言う。夏海がこんなに悩んだり傷ついたりすることもなかったのにと、思っている。和哉のことはどうでもいい。

佐奈の小さな声をきちんと拾った和哉は、うん、と頷いた。

「もう自覚したから大丈夫。高橋さんにも快く認めてもらえるように努める。夏海の大事な人は、俺にとっても大事だから」

「……そうよね～澤村君ってこういう人だったよね～。私はさ、二人を見てきて『いい加減早くくっつけよ』って思ってたから、喜ばしいとは思ってんの」

その言葉に和哉は目を瞬かせる。「えっ。いつから?」

「高校の頃からだっつ～の～」

その後は、夏海の心配とは裏腹に、彼らは穏やかに親交を深めた。

いつの間にかがっつりボルダリングにハマっていた和哉にはビックリしたし、取り組む課題のレベルの高さも驚きを超えて少し苛立つくらいであった。ボルダリングぐらい下手でもいいじゃないか。

和哉と佐奈は犬猿の仲……とまではいかないが、これまで会話が弾んでいるところは見たことがなかった。しかし今日、二人はクライミングシューズについて熱く語り合っていた。むしろ佐奈が和哉にあれやこれやとレクチャーし、試し履きさせ、お買い上げさせていた。

和哉と薪は、案外仲良くやっていた。二人とも大らかなのは共通している。

ボルダリングは初めてだという薪、このスポーツは高身長ならば絶対に得……という訳でもないことを夏海は知った。運動神経もスタミナも筋力も上位ランカーであるので、夏海のレベルは一瞬で追い抜かされたが。

そして薪と佐奈。佐奈にとって薪の印象は悪いのだが、薪は違うようだ。

ボルダリングを終え、四人一緒に夕ご飯をすることになり、居酒屋に行ったときのこと。

「俺、高橋さん好きかも」

薪が突然言い出した。ビール二杯目である。

佐奈の反応はサラッとしたものだった。

「私は～全然タイプじゃないのよね～。ねぇ夏海ちゃん、この人軽すぎない？　昔からこんななの？」

「今は本気で言ってるの、多分」

「お友達からよろしくってことで、連絡先交換してください！」

まったくめげる気配のない薪。

「え～私ケータイもってないから困る～」と、ビールを呷《あお》る佐奈。

「佐奈ちゃん面白いねぇ」と、空になった佐奈のグラスを見て店員を呼ぶ夏海。

「ボルダリングんとき、夏海の写真スマホで撮ってたじゃん高橋さん……」と、小さく零《こぼ》す和哉。夏海が壁に張りつきプルプル震えながら進退極まっているところを、佐奈はニヤニヤしながら撮影していた。和哉は『この人は本当にSっ気があるな』と横目で見ていたのだ。

「そういう！　ちょっと冷たいところが！　気になる！」

こういうとき薪は、行け行けドンドン後悔なんて後からすればいい！　タイプである。その挫けない前向きさと強さに、夏海と和哉は内心『ワーオ』と称賛し、佐奈は「めんどうだなぁ」と声に出して言った。

「くっ……たまんない、かもしれない！」

薪は新たな扉を開きそうである。

友情なのか恋愛なのかはともあれ案外良い組み合わせかもしれない、と思ってしまったのは、佐奈には絶対内緒である。


「楽しかったなぁ」

「ほんと？　無理してない？」

夏海と和哉は、最寄り駅からの帰路をゆっくり歩いていた。まだまだ暑いが、二人で歩くと良い月夜に感じる。大通りから住宅街に入って静かになり、小さな虫の音も耳に届く。心地よい静寂のなか、互いの声が暗闇に溶け込んでいくような夜だ。

「無理してないよ。高橋さんとこんなに喋ったの初めてだったたし、ちょっと驚いたけど楽しい人だね。薪君は……なんとゆーか、憎めない人だね」

「大学の頃からよく失言するんだけど、なんでか許されるんだよねぇ」

「ああ、あの発言は……あのときは格好つけたけど、ほんとはちょっとイラっとした」

「……かっこよかったよ」

「そう？」

和哉が、繋いだ手をきゅっと握る。

少し顔を寄せて涼やかに笑う、こういうところがたまらなく魅力的に思う。

「そうそう。夏海が壁登ってるところを見て、一つ閃《ひらめ》いたんだよな」

涼やかな笑みが、無邪気なものに変わる。和哉は身を屈めて夏海の耳元に口を寄せ、声を落として囁いた。

「四十八手って、物理的に可能なのかなって」

「……それは、例のあれの？」

「そう、セから始まってスで終わる」

「それを、壁登ってるところ見て考えてたの？」

「うん。どう思う？」

もう二度と一緒にボルダリングには行くものか——と思いながら、夏海は考えた。

「少し、興味ある」

和哉は、してやったりという顔をした。何がしてやったりなのか分かりたくないが、こういうところも好きなのだろうな、と思ってしまうあたり、長年地味に抑え込んでいた和哉への恋情が止まらない。

「早く一緒に住みてぇ～」

「その前に親に報告だねぇ」「……母さんのニヤニヤ顔がもう浮かぶ……」

これからも、心地よく楽しくふざけあう関係は変わりないだろう。

もう和哉への恋心を隠さなくてよくなった。真心を、愛を正直に伝えられることは、なんて幸せなのだろう。

「ふふ。好きだよ和哉」

「え、何突然かわいいの」

たまに喧嘩しながら、面白おかしく幸せに暮らしていくのだ。

おまけ　策士策に溺れる？

夏海と付き合い始めて一ヵ月が経った。ほぼ今までと変わりなく、且つ時には親密に、順調な交際が続いている。

そんなとき、EDの心配が消え去った和哉の胸に、ムクムクと野望が芽生え始めた。

——エロ関係で、もっと、主導権を握りたい！

いや、たぶん主導権は握っているのだが、なんとなく夏海の方が余裕あるように思えるのだ。こちらはいつも切羽詰まっている。まぁそういう状況だって実は結構好き——なのは置いといて、時には、余裕なく追い詰められている夏海を見たいと思う。これは男のサガではないだろうか？

ということで、和哉は一計を案じた。

「今日はさ、ロールプレイしない？」

場所はいつも通り和哉の部屋、夏海がやって来て一息ついたタイミングで切り出した。

休日、夏海はシャワーを浴びてから部屋に来る。そのままセックスに流れてイチャイチャしてからゴロゴロするのが最近のパターンだ。だから多分、今日もそのつもりでいいと思う。

夏海は「何の話？」なんて言いながら、和哉の膝の上に頭をのっけて寝そべった。腕を伸ばし、人差し指で和哉の頰をぷにぷに突きながら笑っている。今日は機嫌が良いらしい。

「えっちな話」

こちらを見上げている夏海の、桜色の唇を親指でなぞりながら反応を見る。目には好奇心の光が宿った。それでこそ夏海。

「ごっこ遊びってこと？　いーよ、何したいの？」

話が早すぎて助かる。

「自分にそんな想像力はないから、ＡＶの設定を借りようかと」

和哉は昨日考えた策……ではなく方法を説明した。動画配信サイトのランキングからランダムに選んで――トランプカードの引いた数にする――その作品紹介で書いてある設定を拝借しやってみる、と。

夏海はすんなり頷いてカードを引き、ウェブページをスクロールしている。

「えーと、これだ。『メイドの××ちゃんはご主人様が大好き！　今日もご奉仕頑張っちゃう……』メイドものだよ」

――キタ！　これは、主導権を握れるはず！

「和哉がご主人様で、私がメイドだよね。なんならもっと設定作ろう。そうだなぁ……時代は仮想大正あたりで、和哉は財閥子息で、私はそこに雇われているメイドの一人ね。でっかいお屋敷に使用人が何人も住んでいて、私は大學に通っている和哉様付き。小さい頃に偶然拾われたから和哉に心酔していることにしよう。年齢は三つ下とか。どう？」

ノリノリで細かい設定キタ――。

そうだった、夏海は文学部出身だった。

「う、うん。やたら設定細かくない？」

「設定は大事！　それでー、私はずっと和哉様のことをお慕いしていたわけよ。主人達は夜会か何かに行って、お屋敷には使用人しかいないある夜の日、少し酔って帰って来た和哉様を介抱するのね。そしたらベッドに引き込まれるの。私は一夜の遊びでもいいと思って身を任せようとするわけだけど――さてどうなる！」

「どうなんの？」

和哉は素でツッこんだ。

「それを今から、する！」

「そっか！」

この時点で、当初の予定とはズレ始めていることに気付いていない。

ベッドの上、二人寝ころんだ状態でスタートする。

夏海は和哉の胸のあたりにそっと手を当て、熱っぽく見つめた。目が潤んでいるように見える。これが演技というやつならば、恐ろしく思う和哉である。女は生まれたときから女優……。

「和哉様……酔っていらっしゃいますよね……。私は、ほんの気まぐれのお遊びでも、明日はなかったことにされても、構いません。だって、ずっと……ずっと……！」

夏海、飲みこみが早い。むしろ実は前から用意していたのではと思う。

和哉は負けてなるものかと、夏海に口付けて黙らせた。

「遊びじゃない、酔ってもない、夏海……ちゃんの気持ちは気付いてた。俺も、ずっと、好きだった……！」

設定に入り込むため、呼び捨てではなく夏海ちゃんと呼ぶことにした。何故か気恥ずかしい。

「優しい嘘は、つかなくていいです、和哉様」

「嘘なんかじゃない。家族の反対を押し切って、猛勉強して医大生になったのも、万が一この家から出奔することになっても自活できるように——俺は、好きな人と添い遂げたい」

「……和哉様？」

和哉も割とノリノリで設定を追加した。医者になる予定らしい。伊達《だて》に映画を観まくってはいないのである。

「愛してる」

夏海が、熟れた林檎のように、ぶわりと頬を赤くした。『愛してる』なんて言葉、実際口に出したのは初めてである。ごっこ遊びの範疇を超えた、蕩けるような甘さがあった。

「……はい」と掠れ声で夏海は言う。

「私も、愛して、います」

和哉は恍惚とした心持ちで微笑んでキスを落とす。柔らかく肌を食みながら、夏海の衣服を脱がしていく。和哉はこの作業が堪らなく好きだ。何度やっても恥ずかしがる――本人は隠しているつもりのようだが――夏海が可愛い。夏海も和哉の衣服を脱がしにかかる。トランクスだけは守り、裸に剝いた夏海の肌に舌を這わせる。

溶かすように愛撫していくと、夏海は花が開いていくように大胆になる。感情がそのまま出たような吐息や喘ぎ声、不意に大きく声を出してしまったときに『きもちいい、から』と言い訳みたいに吐露すること、奔放に色々なことを試してくれること――。服を着たあとに、遠慮がちに『今度こそは引いた？』と聞いてくるときの可愛らしさ。引くわけがない。歓迎である。

唇と舌と手で、夢中で夏海を愛していく。夏海の反応が素直なので、好きなところもイイところも体にインプットされている。夏海のナカは、指が数本入るほどまで解けてきた。もう挿れることもできるが、ここからまた焦らすように戯れるのも好きである。たまに優しくなぶっているような嗜虐《しぎゃく》的な気持ちになる。

さあどうしようか、と思っていると夏海が半身を起こした。

「和哉様、私にも、させてください」

えっ、と思った瞬間、夏海が後退して愛撫から逃れ、四つん這いで和哉に接近する。問答無用にトランクスを引き下ろしてきたので手伝って脱ぐ。

「和哉様はどのような体勢がお好きですか？　私、頑張ってご奉仕します」

「いや、いいよ、夏海ちゃ……」

「和哉様にも気持ちよくなってほしいんです。駄目ですか？」

そう言われると断れない。けれど、この、流れは……。

「大丈夫です、こういうときもあろうかと、指南書でちゃんと予習していますから」

多分インターネットのことだ。

「こういうときってどういうとき」

「和哉様に……その……そういった奉仕を求められたときのために……です」

結構最低な主人の設定にされている気がする。

「もうそこでいいので、膝立ちになって下さい」

夏海の地が滲んできている。が、和哉は言う通りにするほかない。

夏海は四つん這いの姿勢で、剛直したものを指で撫で——ためらいなく口に含んだ。舌を絡め、前後に揺れる。視覚効果も抜群で——

「気持ちいい、ですか？」

「ヤバイくらい……」

「良かったです」

「十分だから、あんまりこれやると、俺がヤバイ。あの、夏海ちゃん、」

「ううーん、でもこの体勢、ちょっと動きにくいです。和哉様、寝ころんで下さいますか？」

夏海は和哉の台詞を遮り、和哉の体をベッドに押し倒す。脚も真っ直ぐ伸ばさせたと思うと、両方の膝裏をガッと持ち、勢いよく持ち上げた。まさかこんなことをされるとは思っていなかったので、和哉も無防備だった。ひっくり返されたカエルのようである。すぐ体勢を戻そうと思ったが、それを見越して夏海は既に勃起した先端に唇を付けている。下手に動くと夏海に怪我させそうでできない。

「なっ、夏海っ⁉」

「うん、これがイイです。和哉様、カワイイ」

夏海がニンマリと答えた。

そこから夏海は、日頃和哉にされているように、入念に丁寧にあらゆるところを舐めていく。どこで覚えたのか、いや十中八九ネットだろうけど、すぐ暴発しそうになるのを堪えるのに精一杯である。しかも何かもう色々、色んなところが丸見えのはず。恥ずかしい、恥ずかしすぎるのに、嫌ではない自分がいる……夏海もそれを知っている。むしろ和哉より分かっているのではないだろうか。

気を紛らわそうと思ったが無駄だった。すぐに限界がきた。

「なっ、夏海さん、もう駄目です、離れて……！」

「受け止めて差し上げます、和哉様」

「ちょっ、マジ、それだけはご勘弁を！」

「何事も経験なのです。心の奥から骨の髄まで、せーえきだって愛してます、和哉様」

夏海は楽しそうに笑い、ぱくりと咥えた。

ここまできて手で擦られて、我慢できるはずもなかった。


夏海はべぇぇっとティッシュに吐き出した。

「ちょっと口ゆすいでくる」

夏海は和哉のTシャツをかぶり、軽い足取りで洗面所へ向かった。残されたのは呆然としている和哉である。夏海が戻ってきてもそのままだった。

「ありゃ。やり過ぎましたでしょうかご主人様……？　……引いた？」

和哉はぷるぷると首を振る。何も言わず、夏海を引き寄せてベッドに押し倒すように抱きしめた。

「気持ちは良かった？」

訊かれたので素直にこくんと頷いた。

「またやってもいい？　してほしい？」

ほんの二秒程ためらい、頷いた。

「……こんなはずじゃ、なかったんだ……」

「と言いますと？」

「夏海の余裕がなくなるくらい、責めたててみたかったんだ……」

「え、いつも余裕なんてないけど」

「そうは見えない」

「いつも私をあんな状態にしておいてよく言う！」

「……？　エロエロスイッチのこと？」

夏海にぎゅっとお尻を摑まれた。まだ下着を履いていないので場所がマズイ。とっても危険です夏海さん。

「ロールプレイは面白かった～和哉結構ノリノリだったし～またやろうよ。家庭教師と男子高校生とか」

夏海に蹂躙《じゅうりん》される未来しか見えない。

「その前に……今日、二回目できそうになったら、大人の玩具でいじめてやる……羞恥プレイしてやる……」

「え、なに、買ったの？」

声色にワクワク感が見え隠れしている。羞恥プレイされる側でもいいのですか夏海さん。本当にしてみてもいいのですか夏海さん。

「とりあえず……夏海を触り足りないな」

和哉は潤った蜜口へ指を忍び込ませた。

ここにきても恥ずかし気に頬を緩ませた夏海に、唇を落とす。

後日談

◆幼馴染というものは　ＳＩＤＥ：柊

広葉樹は色づきはじめ、肌寒くなってきた秋。大学の文化祭が近づき、森下柊の所属するサークルも模擬店準備に追われている。たこ焼きを作るのだと言ったら、姉は「和哉と食べに行くね！」と親指を立てた。

来るのかぁ……。

バイトから帰宅し、リビングのソファに腰を下ろす。近くにいる母が、見ていた録画のドラマを停止してリモコンを柊に渡した。「おかえり。どうぞ」

「別に母さんの好きなの見てたらいいのに」

「イケメンは一人で集中してみたいの」

そうですか。

適当なバラエティ番組に合わせる。母はキッチンに行き、お湯を沸かし始めた。これは紅茶かコーヒーが出てくる流れだ。

ぼんやり画面を眺めていたら、ティーバッグが入ったマグカップとクッキーを持ってきてくれた。もちろん母の分もある。

「ねぇねぇ柊、ひとつ聞きたいんだけど」

やはりな。最近、彼女はいるのか遠回しに聞いてくる。マジでいないっつーの。

「夏海さぁ……和哉君と付き合ってると思う？　あの子達どうなってるのか知らない？」

そっちかよ。

「どうなんだろーね」

「付き合ってないのかしら。あんなに一緒にいるのに？」

「あんなに一緒にいるのにねぇ」

いつから付き合ったんだか。わりと最近だとみている。「姉ちゃんに聞いてみれば？」

「いやもうなんか、和哉君のこととなると聞きにくいのよ。分かる？」

「いやー……まぁ、分かるっちゃぁ、分かるけど」

触れて少しでも壊してしまいそうなら触れたくない尊さがあるのだ。それくらいで壊れるような関係ではなかっただろうけど。めんどうな人達だ。

「付き合ってたら何で言ってくれないのって思うし。でも、言いたくない気持ちも分かるのよねぇ。でも気になるのよ～！　なんなのあの子達、ずっと一緒にいすぎじゃない⁉」

「そーだよなぁ」

他の幼馴染の基準は知らないが、たぶん普通じゃない。

数日後。

大学から帰宅すると、お隣の庭先に和哉君のおばさんがいた。庭の整理をしている。向こうも気付いて挨拶すると、「そうだわ柊君！　ちょっとケーキでも食べない？」と誘われたのでお邪魔することにした。

和哉君の家はいつも綺麗に整頓されている。特にキッチン周りはピカピカしており、料理が上手そうな雰囲気がする。

おばさんが出してくれたのはモンブランだった。来客用に買ってあったのだが、一人分余ったらしい。和哉君に残さなくていいのかなぁと思いながら、ありがたくいただく。

「ねぇ柊君、聞きたいことがあるんだけどいいかしら」

やっぱりきた。

「和哉と夏海ちゃんについて、何か知らない？」

もぐもぐと秋の味覚を味わいながら、どう答えようか考える。

「最近あの子浮き足立ってる気がするんだけど、ここまできたら聞きにくいのよ」

浮き足立ってるのか和哉君。可愛いな。

「おばさんも聞きにくいんですか」

「あら、森下さんのところも同じこと言ってる？」

「ええ、まぁ。このモンブラン美味しいですね」

「そうなの、おばさんのイチオシなのよ〜。で、柊君はどう思う？」

おばさんの目が獲物を狙う猫のように輝いている。和哉君がたまに見せる瞳と同じである。「ええっと……。めちゃくちゃ仲がいいですよね」

「そうよね？」

「それで、ええっと……。俺としては、付き合ってるも同然に見えます、けど」

おばさんがニンマリ笑う。白状していないはずだが、最早バレた気がする。

うふふふふと笑いながら、おばさんは冷蔵庫を開けて濃縮タイプのジュースを出した。レトロチックな花模様のガラスコップに注ぎ、炭酸水で割っている。「今度、森下さんと作戦会議のランチでもしようっと」など言いながら、テーブルに二つ置いた。柊には既に紅茶もある。

――姉ちゃん、和哉君、早く言った方がいいと思う。

二週間後。たまに突然開催される澤村家の庭バーベキューにて、両家勢揃いの乾杯時。和哉君と姉がビールの一口目を飲んでいるタイミングを見計らって、

「和哉と夏海ちゃん、晴れてお付き合いおめでとう！」

と、和哉君のおばさんがぶっ込んだ。和哉君はブハッと漫画みたいにビールを吹き、姉は盛大に噎《む》せることになった。母はニヤニヤしていて、父は嬉しそうな寂しそうな絶妙な顔をし、和哉君のおじさんは知らなかったのか驚きつつはしゃぎ声を上げた。

こういうとき、幼馴染って大変な。

◆彼が私に向けるもの　SIDE：佐奈

まばゆい深緑の季節、空気さえ柔らかい緑色に見える。世間はゴールデンウィーク、佐奈は澤村家主催のバーベキューに来ていた。何度か来たことのある夏海の家の隣、広い庭があるとは思っていたが、彼らはバーベキューの民だったようだ。この時期に毎年一度は必ず開催するらしい。佐奈は初参加である。

子ども会のサッカーや野球の試合で使うような四本柱の簡易テントを張り、アウトドア用のテーブルに椅子が八つ、大きめのバーベキューコンログリル。自宅の庭でもテントって張るものなのだと若干カルチャーショックである。

現在、料理は終盤。付き合ってまだ一年も経ってはいないが、雰囲気こそは夫婦のソレなカップルがひたすら焼いてくれている。

澤村と森下の両家親組は、そろそろ疲れたということで室内に移動している。『カタン』というボードゲームで盛り上がっているらしい。親同士も仲が良い。

この場にいるのはもう一人、高校が一緒で、澤村と親友だという飯田だ。佐奈が今回来ることになったのも、飯田が参加することになったからだ。良ければ夏海の友人も、とい

ていた。

飯田とは付き合いがあった訳ではないが、幼馴染達の友人ということで顔はよく合わせていた。

「あいつらさぁ、ようやく付き合ったんだよな」

残り野菜をぽりぽり食べつつ、飯田が話しかけてきた。

「ようやくようやく。今まで何やってたんだっつー話～」

「なー」「ね～」

気は合いそうである。

澤村と夏海はシメの焼きそばに取りかかっている。隠し味に良いと噂のビールもジュワッと追加し、美味しそうだの、焼きそばは天才だのと二人でケラケラキャッキャと笑いあっている。楽しそうだ。

「ねぇ、高校のころから二人ってこういう空気だったよね。なんかこう、二人で楽しそうに笑いあってるこの感じ～」

「高橋さんもそう思う？　俺もずっとそう思ってた」

「そうよね～。周りはそう思ってたよねぇ」

二人でじろーっと見ていると、カップルの方も視線に気付いたらしい。

「足りない？　もうちょっとでできるから待っててー」

「いやまぁ、ある意味お腹いっぱいっていうか」

佐奈は飯田と目を合わせる。「なぁ」「ねぇ」

「こんにちはー。お疲れ様です」

最後の参加者、夏海の弟の柊が遅れて来た。バイトが終わってからご飯を食べに来ると聞いている。「柊君久しぶり。はい、これ柊君の分」取り分けて残しておいた皿を渡す。

「うっす。ありがとうございます」

柊は佐奈と一つ分椅子を開けて横に座った。きちんと手を合わせて食べ始める。

「柊君もさぁ、かっこよくなったよねぇ～」

「ありがとうございます。佐奈さんも相変わらず。さらに美人です」

さらりとそういうことが言えるようになったのか、と少々驚く。

「俺は和哉の友達の飯田です。森下さんの弟かぁ。似てるねぇ」

「そうですか?」と柊は訝しげにしているが、ふわっとして寛容な雰囲気がとても似ているのだ。

「柊おつかれ～！　焼きそばもできたよ！」

夏海が焼きそばを皿によそっていく。さっきまで満腹感があったのに、シメを出されるとまだまだ食べられるので不思議だ。

「バーベキューの焼きそばってなんでこんなに美味いんだろうな。あと和哉、料理上手だよなー手際いいもん」

「なぁにー?　夏海には愛情たっぷり手料理ふるまってんの～?」

「そりゃあもちろん、腕によりをかけて」

「いつも美味しいの食べさせてもらってるよ～カクテルも美味しいんだよ」

にこにこしながら言う二人に、柊がぼそりと言う。

「ほら、隙あればこの人達ノロケる……」

「違うよ柊君、ノロケだと思ってないのよこの人達」

ひっそり返すと、なるほど！と柊は感銘を受けたようだった。テーブルの向こうから、俺も混ぜてと言いたげな飯田の視線を感じる。

「ところで佐奈ちゃんさぁ、薪君とはどうなってるの」

どうして薪の名前がここで。澤村も意味深な視線を向けてくる。

「どうもなってない～。なんでよ突然」

「この前、薪君にお願いされて三人でボーリング行ったのね？　相談内容が佐奈ちゃんのことだった。なかなかデートにも行ってくれないって」

あいつ余計なことを。

向かいで飯田と澤村が話している。「薪って誰？」「夏海の友達で元カレ」「えっ、お前よく行ったなぁ。どういう神経してんだソイツ」「いや……特殊な神経の持ち主っぽいけど、憎めない人だよ、不思議と」

どういう神経してんだと佐奈も思う。薪はそういう人である。しかしボーリングに行っちゃう二人も二人である。

「ええ〜？　夏海は薪推しなわけ？」

「いやもうそれは、佐奈ちゃん推しだけども。相談されたけど聞いただけだよ。薪の方もただ話したいだけだったと思う。和哉のボーリングの上手さも見せつけてきたしね。薪が悔しがるのって楽しいんだよね」

「あっ……そう」

単純にボーリングもしたかったのだろう。自信満々であろう薪を負かした澤村には拍手を送りたい。

「薪君を後押しする訳ではないけれど、去年の夏に佐奈ちゃんと会ってから彼女はつくってないみたいだよ。一年近く彼女いないの、大学以降初めてだと思う。彼女きれないいんだよ、薪君。寄ってくるから」

「へ〜え」

「なかなか本気のような気はしたの」

「……夏海にとっては友達でもあるものね」

夏海はぱちぱちと瞬いて、そうだね、と言った。彼女はたまに、元カレである過去を忘れているような気がする。

静かに咀嚼し続けている柊に、佐奈は聞いてみた。

「ねぇ、柊君は、私にはどんな人が合うと思う〜？」

ぎく、と柊は動きが止まった。佐奈の方をちらりと見、十秒ほど黙る。

「佐奈さんが思い切り振り回しても壊れないようなメンタル強めの人……かな」

「どういう意味なのかな～柊君～？」

夏海も澤村も飯田も小さく頷いている。

失礼なことだ。


『佐奈ちゃん元気？　やっぱりGW中会えそうな日ない？』

噂をすれば薪である。五回に四回は断るというのに、彼は何度も何度も誘ってくる。佐奈はもとより、前もって予定をあけて出かけるというのが苦手である。今日突然に決まる方が気持ちが楽なのだ。大事な夏海との約束や、イベント事は別だが、そこには頑張りが少なからず必要になる。だから断ってもへこたれない、薪のしぶとさは好ましい面もあった。

『明日ならあいてる』とメッセージを返す。

『一日デートって、無理？』

本当にしつこい。

今日の夏海の言葉を思い出す。夏海達にこぼすほど、薪はそんなに自分とデートがしたいのか。性格は難あれ善良ではあるし、何よりあの見た目の男である。佐奈にこだわらなくても、彼女はすぐ作れるだろう。

──別に、デートくらい。

『いいよ』と送ってしまった。すぐに着信が鳴る。ちょっとウザい予感がする……。

「はい～」

『佐奈ちゃん⁉　ほんまにええの？　デートやで？』

「今からでもやめていいよ～」

『やめません！　えっ、マジか、ホンマか。佐奈ちゃん行きたいとことかある？』

薪のすこし上擦った声が意外だ。口元が緩む。

「それじゃあ──」

マンタが悠々と泳いでいる。ゆらゆらと揺れる青い空間。小さな魚たちが手前から奥へ、サメが大水槽の主のような風格をもって横切っていく。

「佐奈ちゃんて水族館好きやねんなぁ」

「まあね～」

広々としたこの空間で、ぼんやり眺めるのが好きである。一人で来るときのように長くそうしていても、薪は何も言わず隣にいる。

「薪君て、こういうところ苦手そうなイメージなのだけど」

「確かにあんま来ない。でも俺は佐奈ちゃんに会いに来たからな！　デートできて嬉しいわぁ」

「……そぉ～」

　直球だ。

「ねぇ薪君」

「なんでしょうか姫君」

「薪君って私のことが好きなの？」

「うん」

「即答なのがさぁ～口説き慣れしてる感じで嫌なのよねぇ～」

「いやいやいや、めっちゃ態度に出してきとるんやから今更やろ？　こんだけ断られても誘い続けるってなかなか勇気いんねんで？」

　薪にとってそんな勇気は不要なものだと思っていた。毎回、傷ついてはいたのか。無駄に勇気の容量が大きいだけなのか。

「でもさぁ～私のどこがいいわけ？」

「……分からん！　でも、めっちゃ気になる！　他の女の子が入る隙間ないくらい！」

「何その自信満々なとこ～一つくらい好きなとこ言いなさいよね～」

　少し期待していたらしい自分が嫌になる。

「そういう辛辣なとこ？」

「タフネス～」

薪に背を向け、次の順路に進もうと歩き出した。すると手首を掴まれて引き留められる。

「待って佐奈ちゃん。言うの何度目か分からんけど……」

振り返ると、薪が真剣な顔をして佐奈を見つめていた。佐奈を掴んでいる手に目を落とす。大きな手がわずかに震えている。この先の台詞は知っている。何度も何度もスルーしてきたが、薪は毎回、確かに緊張していたのだ。

「俺と付き合ってくれませんか」

佐奈はじっと薪を見た。今までこういう男だからと、ちゃんと見ていなかった。瞳は切実な色だった。佐奈が震えてしまうくらい。

「……佐奈ちゃん？」

いつもなら間髪入れずに断っているのに、黙り込んだままの佐奈を心配する様子だ。何も見えていなかった。

「いいよ。お試しで付き合ってあげても」

「……え」

「こういう、可愛くないことしか言えないけどね～」

本当に、可愛くない。言っているそばから可愛くない。

薪の掴む手の力がゆるむ。するりと抜けだし、歩みを進める。可愛くない返事を聞いて、やっぱり違うと思ったかもしれない。

どす、と背後から重みがかかった。熊に後ろから抱きしめられているような重量感である。

「可愛い～！　ツンデレ可愛い～！」

「なっ、やめ、やめてよねぇっ恥ずかしい！」

「可愛すぎて無理やわぁ～！　お試しっていうのが気になるけど考えんようにするわぁ！」

ばたばた暴れて拘束から逃れる。

振り返って薪を見ると、ニヤけきっただらしない顔である。見ているこちらが恥ずかしい。

「なぁなぁ、俺のどこが良いって思ってくれたん？」

「ウザいぃ」

「はぁ、その辛辣さクセになりそう」

どこまでもポジティブ野郎だ。

薪はニコニコしながら手をつないでくる。包んでくる手は大きくてあたたかい。タイプじゃないけれど、太陽のように笑う顔は好きだと思う。

少し先の未来のことは分からない。

でも、薪が隣にいるのは案外悪くない、のかもしれない。

◆素直はどこかに忘れました　SIDE：佐奈

薪と付き合うことになったと、夏海に報告したのは二ヵ月後のことである。すぐに別れるかもしれないし、あのバーベキューのあとすぐ付き合ったのを白状するのは羞恥心があった。

薪との交際は案外順調、にみえて、ただ会えていないだけである。佐奈は土日祝日関係のないシフト制勤務、薪は平日勤務。もともと他に予定も入れていたので、二回ほど晩ご飯に行っただけ。翌日に仕事もあるし、なにより付き合ったばかりの遠慮があるのか、そのあと家に誘われることもなかった。

佐奈が〝お試し〟だと言ったから、薪も考えているのかもしれない。手が早そうな男だもの。

七月、梅雨明けはまだ先。もうずっと暑いのに、これからようやく夏本番を迎えるのが信じられない。

本日の装いは、薄紅色の大人っぽいフリルをあしらったシャツに、ふんわり広がる白いロングスカートにした。夏用の薄い生地だが、じわじわ汗に張り付いてくる。足下は短いソックスにお洒落スニーカー。

「ごめん、待たせた！」

改札の向こう側から、背の高い男が小走りに近づいてくる。白と水色の幾何学模様のシャツにジーンズ、初めて行く家に相応しい落ち着いた服装だ。

「なぁ、俺ほんまに行っててええの？　和哉君家に……実家やろ？」

「薪君にもそういう緊張があるのねぇ。澤村君がいいって言ってるから大丈夫。私もこの前バーベキューにお呼ばれして初めて行ったのだけど、あのお家、おもてなし気質というか……人を呼んでパーティするのに慣れてる感じがしたの。すごく居心地いいのよ～」

「そおなん。和哉君の、空のような大らかさは、そういうトコからもきとるんかねぇ」

「……薪君って、結構澤村君のこと好きよね」

「バレとる！　あれはイイ男やわぁ」

「ふーん」

薪のそういうところも、イイ男の部類に入ると思う。伝えたら絶対喜ぶと分かってはいるのに、言えない佐奈である。

○

夏海に薪とのことを報告したのは電話だった。夏海が電話に出てすぐ、単刀直入に事実だけ報告した。

『おっおめでとう！　えっ、じゃあ、じゃあさー三人、いや四人で会いたいな！』

「えっ、なんっ……なんで？」

『え？　私のときも、四人で会ったから？』

あのときの夏海の気持ちが分かった。とてつもなく気恥ずかしい。

薪が二人に相談したのなら、澤村も来ておかしくない。

「澤村君も一緒なのね。もしかして今一緒にいる？」

『うん、家で映画見てたの』

ほんとこの二人はいつも一緒にいる。飽きないのか。……飽きないのだろう。

「じゃあ、またボルダリングで集合する？」

『そ、それは、ちょっと……』

夏海は焦った様子になり、『なに笑ってんの和哉！』と小さくごもごも言ってる。

『佐奈ちゃん、よければ俺の家でボードゲームパーティする？　って和哉が』

「んん～？」

『最近ボードゲームはまってるみたいで、人数多い方が面白いんだって。お昼ご飯用意するから二人でおいでよ、って』

「え、それは、行ってもいいものなの……？」

『いいんじゃない？　二人はおやつ買って来てね』

○

あの澤村の〝昼ご飯用意する〟発言に、佐奈は薪に「なるべく高級ラインで、ご家族分のお土産も買っておいた方がいい」と頼んだ。要望通り、彼の手にはデパ地下の有名洋菓子店の紙袋がある。

「しかしなっちゃんの彼氏が、俺を家に招くなんてなぁ」

「仲良くなったんじゃなかったの～？」

「俺はそのつもりやけど、和哉君の距離の詰め方が想定外やわ」

「薪君の距離の詰め方も唐突だけどねぇ～」

「……なぁ、佐奈ちゃんは、俺が親友の元カレってこと気になったりしとお？」

薪は何でもない風を装って聞いてきている。少し固くなった声と、佐奈を直視せず様子を盗み見ているところ、紙袋をぎゅっと持ち直しているのを見ると、緊張しているのだろう。これを言うタイミングをこれまで伺っていたのではと思う。

薪は分かりやすい。普段が分かりやすいから、大事なところで見落としそうになる。

「別に～？　ってか、そうじゃなかったら薪君と出会ってすらなかったね。それに夏海ちゃんの方は、たまに元カレってこと忘れてると思うの～」

「そ、そっか。確かに、なっちゃんの方は記憶が薄れて消えてしまっとるような気もするなぁ」

ははは、と薪は軽く笑っている。でも、心のうちはホッとしているのが伝わる。薪にはこういう可愛げがある。

佐奈の本心としては、全く気になっていない訳でもない。それでもハンバーガーについたゴマ粒ひとつ位だし、美味しく食べて終わりである。それより気になることは、夏海のあとに付き合ってきた面々とは、どういう始まりと終わりだったのか、である。

どうしても、終わることを前提に考えてしまうのが佐奈だ。そうでないと辛い。のめりこむのは怖い。そこから逃れられないような夏海の恋を見てきたのだ。あんなに誰かを好きになったことなんてない。運命も感じたことはない。

眩しさのなかに清々しさを持つ、新緑の季節の太陽のような薪ならば、佐奈の手をずっと離さないでいてくれるかもしれないと、ほんのすこし期待している。

移り気な男のようにもみえるから、同じくらいの不安もある。

「豆腐と野菜のサラダ、かぼちゃの冷製スープ、トマトのブルスケッタ、ハムのムース、カチャトーラと、夏野菜のカレーです」

やはり……澤村は恐ろしい男である。涎《よだれ》が出る。

隣に座っている薪は唖然としている。「コース料理……お店なん?」

「本日のシェフはこちら、澤村和哉と、わたくし助手の夏海でした〜！」

「家族のご飯分もかねて作ったやつもあるから。お口にあえばいいけど」

澤村はデニムのエプロンを脱ぎ、襟ぐりの大きな黒いTシャツとジーンズになる。彼はこういうシンプルな格好がとてもさまになる。夏海はストライプのTシャツに短パンと黒いトレンカで、彼女の脚の曲線美を眺めるのが佐奈は大好きである。

「うっま！　和哉君うっま！　君何でもできるなあ！」

「和哉は昔から料理上手だよね。はぁ～美味し」

「夏海は胃袋を摑まれてたのねぇ。すごく美味しいよ澤村君」

三人が頰をとろけさせて食べているのを見て澤村は微笑み、自らもようやく食べ始める。

「確かに胃袋を摑んだのかもね。俺ってば計算高い」

確かに胃袋を掌握できる腕前である。しかし、佐奈は余計なことを言うのを我慢できない。「なら高校時代から全部摑んどいてよねぇ～」

「おっしゃるとおりです高橋さん」

夏海の恋路を見てきた者としては、思わずにはいられない。

お昼ご飯を終えて、開拓ボードゲーム『カタン』を二戦し、休憩にデザートタイムとなった。薪はケーキを六種、プリンを六つ買っていた。澤村はティラミス、夏海は抹茶ケーキ、佐奈はレアチーズケーキを、薪は嬉しそうに苺のショートケーキを選んだ。澤村が紅茶を淹れてくれる。

　ダージリンの香りが漂い、ほっこりしながら食べる。何やら和哉と夏海がちらちらと目配せし合っており、口を開いたのは澤村だった。

「付き合うのがお試しって、一体どういう？」

「え～？　考えてなかった」嘘ではない。

「考えてなかったん⁉　こうだったら合格とかあるん？」

　薪が驚いて聞いてくる。

　本当は、ただ恥ずかしかっただけの虚勢なのだ。でも絶対言ってやらない。

「体の相性が悪かったらナシかな～」

　夏海と澤村が「ゴフッ！」と同時に噎せた。二人そろって胸のあたりをトントン叩いている。ちょっとした冗談なのに。

「マジか！　俺頑張るから！」

　薪は佐奈の両手をぎゅっと握り、目をきらめかせている。

「がっつかれてもねぇ」

　夏海達が「すごいカップル爆誕してた」だの「高橋さんもなかなかの……」などと言っているが、通常運転でノロケてくる彼らに言われたくない。

　――でもそれくらい、口から言葉が出ていったらいいのに。

　余計なことは言えるのに、肝心なことは何も言えない。

　お試しという気持ちはないこと。薪の好きなところのこと。自分のひねくれている素直じゃないところ。

落としていた視線をふと上げると、夏海と目が合った。優しくて、心配そうに佐奈を見つめている。夏海は佐奈の気持ちになんとなく気付いているのだと思った。佐奈が素直じゃないのを一番知っているのは夏海だ。夏海は佐奈に、詳しく突っ込んでは聞いてこない。聞かれたとしても、佐奈はちゃんとした本音で答えないのを分かっている。

佐奈が心の準備を終えて自分から言い出すのを、いつだって待ってくれている。

笑って返すと、夏海は目をぎゅっと瞑ってぱっと開いた。多分あれは、頑張って佐奈ちゃん！　という意味だ。

気持ちは言わなければ伝わらないと、分かってはいる。


『THE　GAME』や『ドミニオン』というカードタイプのボードゲームをして、パーティはお開きとなった。

夏至が過ぎて一ヵ月も経っておらず、夕方になってもまだ明るい。やったことのないボードゲームばかりだったが、はまるのも納得の面白さで、駅に着くまで薪とその話をした。やるからには全力で勝ちにいくので頭が疲れること。プレイヤー同士が戦うのでなく、プレイヤー皆で協力してゲーム攻略に挑む、というボードゲームは初めてだったこと。

改札口前で定期のICカードを出す。薪とは電車が反対方向なので、ここでさよならだ。「じゃあ薪君、また今度……」

「佐奈ちゃん、よければ今日、俺の部屋来ーへん？」

体の相性うんぬんの話をしたからだろうか。じろ、とねめつけるように見上げる。

「いや、佐奈ちゃんが考えとるような意味は無いとも言い切れんけど、無いから。付き合ってから都合あわんくて一緒におる時間少ないし、もうちょっと一緒におりたいと言うか……やったら店でもええやんって話やけど、キスぐらいしたいやん……？」

語尾は声が小さい。

「キス以上はしたくないの？」

「したいけど！　でも相性よくなかったら、お試し終わりなんやろ？　佐奈ちゃん切るとき一瞬で切りそうやし、その前に俺の好感度を上げて、少しでも、その、大丈夫にしたいやんか」

薪は先ほどから早口である。

佐奈は可愛らしい外見もあって、言い寄ってくる男は多い。けれど、中身の可愛げのなさにすぐ離れていく。

薪はしぶとい。自分のどこがそんなに良いのか疑問に思う。

「べつに、一度や二度合わなくたって、良くなっていくかもしれないじゃない」

「えっ」

「薪君どのあたり住んでるの。汚かったら帰るから～」

「あっ、うん、いつでも呼べるように、ある程度はきれいにしとるで」

「私、明日は遅出だから」

「……!?」

どこかで下着を買おう。薪の家に乾燥機付き洗濯機があれば重畳《ちょうじょう》。

佐奈よりも緊張している薪を見上げ、自然と笑みがこぼれた。

◆可愛い猫　SIDE：薪

——俺の彼女は猫みたいや。

付き合って半年、非常に可愛い顔で佐奈がすやすやと眠っている。

薪の部屋に初めて佐奈が来た夜、ベッドの上で彼女は言った。

「薪君のことは、結構好き」

お互い裸のときである。〝お試し〟の合格通知だと受け取った。その翌朝、薪は通常通りの朝出勤だが、佐奈は時間があるという。ならばゆっくりしていって、と理由にかこつけて合鍵を渡した。「了解～」と頷いた佐奈に、薪は賭けをしていた。帰ったら玄関ポストに鍵が入っているか、今度会ったときに手渡しで返却されるか、それとも佐奈のキーケースに収まるのか。

賭けは勝った。佐奈は今日も我が物顔で合鍵を使い、部屋に入ってきた。佐奈にとっては何の意味もなく持っているだけかもしれないが、薪にとっては返却されないだけで百点である。

今日は夏海と澤村、四人で居酒屋に行った。改まった様子の二人から、半年後の結婚式の招待状を手渡しされたのである。佐奈は友人代表のスピーチも頼まれていた。半年かけて構想を練り、夏海を絶対泣かすと燃えている。夏海も泣くだろうが、佐奈も泣くと思う。

佐奈とは仲は良いと思う。小さな喧嘩はよくするが、だいたいは薪が謝り、たまに佐奈が謝る。怒っていても、謝るときの佐奈は珍しく萎《しお》れているので、それがたまらなく可愛くてすぐ許す。そのあとセックスに流れ込むと萌えが止まらない夜になる。

佐奈はツンデレである。本人に言うと怒るし否定するしで絶対言わないが、ツンデレ以外の何者でもない。寂しがり屋のくせに素直じゃないし、言い方もきつかったり、えぐってくることとすらある。本人曰く「気が強くないと看護師なんてやってられないの～」だそうで、仕事の愚痴をたまに聞くが、なかなか大変そうだ。

部屋の中では、ぴっとりくっついてくる。外では手をつなぐのも嫌そうなのに、だ。TVを見ている最中など、頭までこてんとくっつけてくる。

極めつけはセックス中。後半になってくると、佐奈の虚勢が剝がれてくる。聞きたいことを聞くのはここしかない。あんまり動いているとお互いそっちに集中してしまうから、ゆっくりできる姿勢がいい。薪がお気に入りなのは座った自分に向かい合わせに座らせる、対面座位である。顔がよく見えるし、キスもしやすいし、体中を触りやすい。

例えば「佐奈ちゃん、大好きやで」と、何度も口にしている台詞を言う。通常運転中ならば「そう」だとか「ありがと～」くらいで終わるのだが、このときになると「私も好き。ほんとは好き」と言ってくれる。薪は本音だと信じている。

例えば夢中でキスをする。すると突然、佐奈が「いつも素直じゃなくて、可愛げのない女でごめんねぇ……」と抱きついてくる。萌えて暴発するかと思った。

このあと、嬉しすぎて佐奈が言ったことを茶化したりすると今後一切言ってくれなくなるかもしれないので、触れないようにしている。

佐奈は薪のことを好いている。素直じゃないし分かりにくいし、猫みたいにすり寄ってきたと思えば何処かにいってしまいそうなので、一度たりとも離してはいけないのだと感じている。

比べてはいけないが、薪はこれまで元カノに見放されてばかりである。夏海については始まりが例外的であるので終わりも例外的であるが。

佐奈は薪に怒りはするが、見放しはしない。薪はそれを愛だと思っている。

「ん……薪君？　眠れないの～？」

「寝顔も可愛いなぁ思って」

「まぁ私の顔面は可愛いからねぇ」

「佐奈ちゃんは中身も可愛ええ思うで」

「……薪君って特殊な思考してると思うの」

そうでもないで、と佐奈の頭を撫でる。「早く寝なよ～」と言いながら、佐奈はすぐ眠りに戻った。

――なっちゃん、引き合わせてくれて感謝しとるで。おめでとう。

〈終〉

参考文献
『マンガみたいにすらすら読める哲学入門』蔭山克秀／だいわ文庫

あとがき

こんにちは、葛餅です。この度は本書をお手に取っていただきありがとうございます。二冊目の紙書籍です。パンパカパーン！　夢のようです。大好きな幼馴染モノを書きました。いいですよね、幼馴染モノ。

今回、現代モノということで、実在する映画タイトルを使わせていただきました。映画、いいですよね。何の映画にするか、金ローで放映したことがあるものは……など、楽しく選びました。『フィフス・エレメント』は洋画を見始めるきっかけとなった映画です。懐かしい。登場させたいタイトルはたくさんありました。しっとり『ペネロピ』を見てほしい、『フォレスト・ガンプ／一期一会』や『きっと、うまくいく』で涙腺崩壊、『ウォールフラワー』や『あの頃、きみを追いかけた』（台湾版）で青春……などなど。書けなかったタイトルをここで連ねて自己満足しようとしております。

夏海と和哉のお話は、デビュー作以前から頭にあり、いつか書きたいと思っていました。こうやって紙書籍にまでなることができました。電子書籍版を買って下さった方々、あたたかいレビューを下さった方々のおかげです。本当にありがとうございます。「楽しかったよ」という言葉に、どれほどの力をいただけたか。胸が熱くなって、涙が滲みました。すごくすごく感謝しています。届け！

謝辞です。

担当様。お忙しい中、いつも支えてくださり、ありがとうございます。本当にありがとうございます。もうそれしか言えない。

逆月酒乱先生。素敵なイラストを添えてくださり、ありがとうございます。色っぽい和哉は格好良く、夏海が可愛くて可愛くてたまりませんでした。どうしてあんなに可愛いのでしょう。和哉はこれまでよく理性を保っていたと思います。

電子書籍版のイラストを担当してくださった、もちあんこ先生。ありがとうございました！　私は幸せ者です。

校正様、デザイナー様、編集部の皆様、本作に携わってくださった皆様に、感謝を。

そして本作を手に取って下さった貴方様に、とびっきりの感謝を。

束の間、楽しんでいただけましたら、これ以上幸せなことはありません。

葛餅

本書は、電子書籍レーベル「らぶドロップス」より発売された電子書籍『俺の病気を治してください　イケメンすぎる幼なじみが私以外●●しなくなった件』を元に、加筆・修正したものです。

★著者・イラストレーターへのファンレターやプレゼントにつきまして★
著者・イラストレーターへのファンレターやプレゼントは、下記の住所にお送りください。いただいたお手紙やプレゼントは、できるだけ早く著作者にお送りしておりますが、状況によって時間が掛かる場合があります。生ものや賞味期限の短い食べ物をご送付いただきますと著者様にお届けできない場合がございますので、何卒ご理解ください。

送り先
〒160-0004　東京都新宿区四谷3-14-1　UUR四谷三丁目ビル2階
(株)パブリッシングリンク
蜜夢文庫 編集部
○○（著者・イラストレーターのお名前）様

俺の病気を治してください
イケメンすぎる幼なじみは私にだけ●●する

２０２０年７月２９日　初版第一刷発行

著……………………………………………………………… 葛餅
画…………………………………………………………… 逆月酒乱
編集……………………………… 株式会社パブリッシングリンク
ブックデザイン………………………………………… おおの蛍
（ムシカゴグラフィクス）
本文ＤＴＰ……………………………………………… ＩＤＲ

発行人…………………………………………………… 後藤明信
発行……………………………………………… 株式会社竹書房
〒102-0072　東京都千代田区飯田橋２－７－３
電話　03-3264-1576（代表）
03-3234-6208（編集）
http://www.takeshobo.co.jp
印刷・製本……………………………… 中央精版印刷株式会社

ISBN978-4-8019-2338-6　C0193
Printed in JAPAN